KB123611

로크미디어가
유혹하는
재미있는 세상

ROK
MEDIA
로크미디어

바인더북

바인더북 27

2017년 6월 20일 초판 1쇄 인쇄
2017년 6월 23일 초판 1쇄 발행

지은이 산초
발행인 이종주

기획 팀 이기헌 송윤성 왕소현
책임 편집 이정규

발행처 (주)로크미디어
출판등록 2003년 3월 24일
주소 서울시 마포구 성암로 330 DMC첨단산업센터 3층 314호
Tel (02)3273-5135 **Fax** (02)3273-5134
홈페이지 rokmedia.com **E-mail** rokmedia@empas.com

ⓒ 산초, 2013

값 8,000원

ISBN 979-11-294-0057-4 (27권)
ISBN 978-89-257-3232-9 04810 (세트)

BINDER BOOK
바인더북

27

| 산초 퓨전 장편소설 |

contents

BINDER
BOOK

조재춘, 담용의 동생들을 만나다

국정원 3차장실.

띠이이. 띠이이이.

돋보기를 쓰고 책상 위의 축척 5천 분의 1 지도를 살피는데 열중하고 있던 최형만이 벨이 울리자 습관처럼 무심코 전화기를 들려다가 멈칫했다.

'응?'

책상 위에 놓인 세 대의 전화기에 불이 오지 않았던 것이다.

'비선?'

최형만의 시선이 서랍으로 향하더니 급히 키를 찾아서는 잠금장치를 열었다.

이어 서랍 안에 숨겨 놓았던 전화기를 들었다.

"3차장이오."

－애덤입니다.

"아, 내용은 잘 받아 보았소만……."

내용이란 북한의 무기 밀수 건과 허교익 박사 탈출 건 그리고 중국의 동북공정에 관한 것이었다.

－도움이 필요할 것 같아서 연락을 드렸습니다.

"도움? 무슨……?"

－때마침 그쪽에 우리 인원 중 큰 도움이 될 만한 요원 두명이 급파되어 있어서요.

"세 건 모두 말이오?"

－원하신다면 그렇게 해 드릴 수 있습니다.

"흠, 굳이 그럴 필요가……."

－그쪽 요원들로서는 시간이 급박할 것 같아서 하는 말입니다. 특히 동강 건은 우리 쪽에서도 적지 않은 관심을 두고 있는 사안이라서요.

"고마운 말이나 우리 힘으로 해낼 수 있을 것 같소."

－그래요? 뭐, 좋습니다. 언제든 필요한 경우 캐멀에게 연락하시면 됩니다. 지시를 내려놨으니 말입니다.

캐멀은 CIA의 중국 장춘 지부 지부장이었고, 미국 메이암이라는 회사의 지사장으로 위장해 있는 인물이었다.

"기억해 두겠소. 아무튼 감사하오이다."

-결과가 나오는 대로 알려 주시면 고맙겠습니다.

"그러지요."

-그럼.

철컥.

전화기를 내려놓은 최형만이 턱을 괸 채 잠시 생각에 잠기더니 인터폰을 눌렀다.

-네, 차장님.

"게일리 머셔와 하비에르 위버란 자가 출국했는지 알아봐."

-네.

"그리고 조 과장 좀 들어오라고 해."

-알겠습니다.

잠시 후, 파일을 손에 든 조재춘이 들어왔다.

"부르셨습니까?"

"응, 거기 앉아."

조재춘을 소파에 앉힌 최형만이 맞은편에 걸터앉으면서 물었다.

"들어온 소식이 있나?"

"조금 전에 H1이 출발했다는 연락을 받았습니다."

H1은 하얼빈의 홍문종 요원이었다.

"직접 갔다고?"

"예, 사안이 사안인지라……."

"흠. 방금 애덤에게서 전화가 왔었네."

"CIA 지부장이요?"

"응, 동강 건을 도와주겠다고 하더군."

"예?"

"왜 놀라?"

"아니, 저…… 고마운 말이긴 하지만 지네들도 코가 석 자인 상황에서 그런 말을 하니까 그러죠."

빠오주점 사건으로 CIA 요원으로 의심받는 이들은 물론 여타의 미국 국적을 지닌 자들이 몸을 납작 엎드리고 있다는 것 정도는 국정원도 알고 있었다.

심지어는 관광객들까지도 자유롭지 못한 처지인 상황에 도움이라니!

어불성설이었다.

"그렇긴 한데…… 내 생각엔 믿는 구석이 있어서 그런 것 같네."

"믿는 구석이라면…… 아!"

조재춘의 뇌리에 퍼뜩 떠오른 인물들은 일전에 지리산 캠핑카 사고를 조사했던 머셔와 위버란 자들이었다.

필시 초능력자들일 거라고 짐작했던 치들.

물론 이것도 담용이 알려 줘서 알았던 터였다.

그래서 아예 감시할 마음도 먹지 않고 방치하고 있었던 자들이기도 했다.

가장 큰 이유는 킬러였던 타일러나 스캇, 하퍼 같은 초능력자들의 죽음에 한국이 개입되지 않았음을 보여 주기 위함이었다.

　당연히 파이낸싱스타 한국 지사장이었던 체프먼과 그 일행도 포함이 됐다.

　만약 담용의 짓이었음이 밝혀진다면 한미 간에 엄청난 문젯거리가 될 수 있다.

　"그래, 자네가 생각하는 게 맞을 거야."

　"하지만 그자들은 아직 국내에 있을 텐데요?"

　그때, 조재춘의 말을 들었다는 듯이 벨이 울렸다.

　기다리고 있었던 최형만이 재빨리 버튼을 눌렀다.

　"결과는?"

　─둘 다 중국으로 출국했다고 합니다.

　"언제?"

　─그저께 오전 10시 델타항공으로요.

　"수고했어."

　꾸욱.

　무슨 뜻인지 짐작한 조재춘이 입을 열었다.

　"어, 출국했다고요?"

　"응. 원거리 감시조차 하지 않았더니 이런 일이 생겼구먼."

　"하면 애덤이 이들을 염두에 두고 도와주겠다고 한 것 같습니다.”

“당연하지, 중국 국가안전부의 리스트에 들어 있지 않은 자들일 테니까.”

“뭐라고 답하셨습니까?”

“일단 우리 힘으로 해 보겠다고 했네.”

“제로 혼자서 벅차지 않겠습니까?”

“그렇긴 하네만…… 그들이라고 해서 백 프로 성공한다고 장담할 수 있는 일도 아니지 않나? 거기에 자칫 제로의 신분이 노출될 수도 있네.”

사실 그게 마음에 걸려 혹했던 마음을 숨기며 거절해야 했다.

“CIA라면 일의 경중에 따라 우리가 거절했어도 참여할 것으로 압니다. 원래 그런 자들 아닙니까? 위험 인자라 여겨지면 사전에 제거해 버리는 작자들이니…….”

이건 미국이란 초강대국의 주특기여서 새삼스러울 것도 없는 말이었다.

끄덕끄덕.

“그걸 감안해서 제로에게 알려 주게.”

“알겠습니다.”

초능력자가 가세할 수 있음을 알고 대비한다면 여러모로 유리할 것이다.

“그나저나 족제비란 놈을 잡는 일에, 다른 임무까지 줄줄이 걸렸으니 제로의 심기가 별로일 겁니다."

"그게 마음이 걸리긴 해."

사실이 그랬다.

족제비 제거 외에도 동강 건, 허교익 박사 탈출 건 그리고 동북공정이란 말도 안 되는 이론을 기초한 자들의 제거까지 무려 네 가지나 된다.

그것도 비상사태에 직면해 있는 중국에서라면 더욱……

"그래도 애국심이 누구에게도 뒤지지 않는 사람이라 거기에 기대를 걸어 봐야지요."

"제로는 해낼 걸세. 다만 그의 푸념을 감당해 낼 만한 걸 준비하기 위해 고민해 봐야 해. 좋은 게 없겠나?"

"야쿠자의 나머지 은닉 자금을 빨리 찾아내는 게 답일 겁니다."

"그렇지. 하지만 진척이 없지 않나?"

"노력하고 있습니다. 그리고 제로의 집에 연락을 해 줘야겠습니다."

"아!"

"제로가 동생들을 무지 아끼거든요. 그들을 걱정하지 않게 해 주는 것도 마음에 들어 할 겁니다."

"흠, 전화로 하는 것보다 자네가 직접 가서 전하는 게 좋겠군."

"안 그래도 그럴 작정이었습니다."

"자네 신분은?"

"건설교통부 운영지원과의 함영민 과장과 입을 맞춰 놨습니다."

담용의 공무원 신분이 건교부 운영지원 담당관이어서 하는 말이다.

"명함은 가면서 찾으면 되고요."

"흠, 혹시 모르니 집안에 불편한 사항이 있는지 살펴보고 가능한 해결해 주도록 하게. 가장이 뜻하지 않게 집을 오래 비울 것 같으니, 그동안 우리가 대신 살펴 줘야지."

"하핫, 그럼 생활비를 생각해 재정부에 연락 좀 해 주시지요."

"그러지. 제로가 벌어 놓은 게 있으니 여유가 있을 걸세."

감사받을 필요도 없는 비자금이 넉넉한 편이어서 최형만은 쾌히 승낙했다.

"명목은 뭐라고 할 건가?"

"출장상여금으로 하겠습니다."

미리 생각해 뒀었는지 조재춘의 대답은 거침이 없었다.

"그것도 괜찮군. 아무튼 불안해하지 않도록 말을 가려서 하게."

"알겠습니다."

담용의 집.

서둘러 저녁 식사를 끝낸 담용의 집은 다소 늦은 시각에 혜린을 비롯해 정인과 혜인 그리고 담민이 뜻밖의 방문객을 맞이하고 있는 중이었다.

정인은 연락을 받고 달려온 터였고, 선녀찬방이 한창 주가를 올리고 있는 중인 혜인은 친구에게 잠시 맡기고 온 참이었다.

방문객은 다름 아닌 조재춘이었다.

그러나 조재춘의 방문은 마주 앉은 혜린이나 정인을 비롯해 주방에서 차를 준비하고 있는 혜인과 막내인 담민으로 하여금 서로 소개도 하기 전에 먼저 불안한 마음을 가지게 했다.

조재춘의 신분이야 사전에 전화를 받은 것도 있었던 데다 건네받은 명함에서도 확인이 된 덕에 안심은 됐지만, 단 한 번도 담용의 직장에서 직원이 방문했던 적이 없었던 탓에 잠깐 사이에 불안감은 더 가중됐다.

직업상 어쩔 수 없이 굳어 버린 조재춘의 표정이 더 그런 마음을 갖게 하고 있었다.

그렇다 해도 서로 소개가 있어야 했다.

"저는 육담용 씨 바로 밑에 동생인 육혜린이라고 해요. 옆에 앉은 언니는 오빠의 약혼녀로…….”

혜린의 소개가 끝나기 전에 정인이 먼저 나서 인사를 했다.

“이정인입니다.”

“아, 예, 말씀은 많이 들었습니다. 미인이시군요.”

“감사해요.”

살짝 얼굴을 붉히는 정인을 힐끗 본 혜린이 입을 열었다.

“주방에서 차를 끓이고 있는 아이는 제 밑에 동생인 육혜인이고요. 옆에 있는 사내아이는…….”

“육담민입니다. 만나서 반갑습니다.”

변성기라서인지 음색이 굵직했지만 힘을 줘서 그런지 어딘가 어색했다.

“어! 씩씩하네. 형님과 직장 동료인 조재춘이다. 육상을 한다고 들었다.”

“옛! 열심히 하고 있습니다.”

“그래, 형님이 늘 막내를 자랑스러워했다.”

“에? 정말요?”

“그럼, 정말이고말고. 네 형님은 틈만 나면 동생들 얘기를 하곤 했지. 심지어는 이 세상을 살아가는 이유가 동생들 때문이라고도 했다.”

거짓말이 많이 섞였지만 뭐 어떠랴, 욕하는 것도 아닌데.

“에헤헷, 큰형님이 가족들밖에 모르긴 하죠. 그렇지만 밖에서까지 그런 얘길 하고 다닐 분은 아닌데요?"

'음, 예리한 넘.'

"아하핫, 그만큼 내가 형님과 친한 사이라는 거지. 그래서 이 아저씨가 직접 방문한 거고."

조재춘과 담민 사이의 대화가 불안했던 집안의 공기를 어느 정도 희석시켰는지 분위기가 조금 밝아졌다.

그렇지만 궁금증이 더해 갔는지 혜린이 혜인이 차를 내오기도 전에 먼저 입을 열었다.

"저기…… 오, 오빠에게 무슨 일이…… 생긴 건가요?"

"어? 아, 아닙니다."

혜린이 묻는 기색에 퍼뜩 놀란 조재춘이 손사래를 치고는 문득 깨달은 것이 있었는지 얼른 말을 이었다.

"이거…… 제 불찰입니다. 제가 원체 표정이 없어 놔서 오해를 하신 것 같네요, 하하핫."

어색한 웃음.

억지로 자아낸 탓이었다.

"아, 그럼 오빠에게 아무 일이 없다는 건가요?"

"그, 그럼요. 전혀 없습니다."

"후우, 죄, 죄송해요. 이런 적이 없어서 좀 놀랐어요."

혜린을 비롯한 정인과 동생들은 그제야 안도하는 기색들이었다.

"하하핫, 제가 더 미안하군요. 뵙자마자 방문 목적부터 말씀드렸어야 했는데……. 모두 미인이시다 보니 제가 그만 정신이 나갔었나 봅니다, 하하하…….”

조재춘의 웃음이 조금 더 호쾌해졌다.

이어서 자신의 말이 분위기에 맞지 않다고 여겼는지 얼른 말을 이었다.

“제가 육 담당관님의 자택을 방문한 것은 전해 드릴 것이 있어서이지 딴 이유는 없습니다.”

“전해 줄 것이라니요?”

“언니, 뭐가 그리 바빠? 목이라도 축이시게 한 다음 물어봐도 늦지 않잖아?”

쟁반에 차를 내오던 혜인이 끼어들었다.

“아저씨, 캐모마일차예요. 좋아하실지 모르지만 저녁에 부담 없이 드실 수 있는 차로는 그만이라서 준비해 봤어요. 괜찮죠?”

“어이구, 캐모마일차는 나도 좋아해요. 고마워요.”

쾌활한 혜인의 말투에 조재춘의 표정이 조금 편해졌다.

“호홋, 다행이네요. 그리고 말씀을 편히 하세요. 전부 아랫사람들이잖아요.”

“하핫, 익숙해지면요.”

“우리 큰오빠, 잘 있죠?”

“그럼요.”

“혜인아.”

혜린의 눈초리가 사나워졌다.

어린것이 버릇없이 끼어든다는 나무람이 묻어 있는 강렬한 눈빛이다.

"헤!"

혀를 날름한 혜인이 자리에 앉았다.

"아, 잘 끓이셨네요."

캐모마일차를 한 모금 마신 조재춘이 혜인에게 치하를 해주고는 본론을 꺼냈다.

"제가 방문한 이유는 육 담당관님의 출장이 조금 더 연장될 거라는 말씀을 전하기 위해서입니다."

"출장이 길어진다고요?"

"예."

"어, 얼마나 길어지는데요?"

"빠르면 일주일, 늦으면 열흘 정도로 예상하고 있습니다. 뭐, 일의 진척에 따라 더 빨라질 수도 있고요."

"설마 위험한 일을 맡고 있는 건 아니겠지요?"

"하핫, 건설교통부란 곳이 어디 국정원 같은 부서도 아닌데 위험한 일이 뭐 있겠습니까? 그냥 감사 자격으로 출장을 간 것이니 안심하셔도 됩니다."

"감사라니요?"

"하핫, 업무상 비밀이라 말씀드리지 못하는 걸 양해하십시오. 그러나 단언할 수 있는 건 절대 위험한 일은 아니라는 겁니다."

'에구, 육 담당관이 무사히 돌아와야 할 텐데…….'

만약 잘못되기라도 하면 방금의 말만으로도 자신은 맞아 죽어도 쌌다.

"아저씨, 궁금한 게 있는데요?"

혜인이 또 참지 못하고 톡 튀어나왔다.

"뭐가요?"

"헤! 우리 큰오빠가 정말 공무원인 게 확실한지 궁금해요."

"하핫. 왜, 아닌 것 같아요?"

"히힛. 큰오빠가 거짓말을 하지 않는 사람이지만 좀처럼 믿기지 않는 일이라 그래요."

"예? 믿기지 않다니요?"

"아, 그렇잖아요? 큰오빠가 공무원 시험을 본 것도 아닌데 갑자기 공무원이 됐다고 하니 좀 이상하죠. 아니, 많이 이상하죠. 그것도 9급, 7급도 아니고 5급 공무원이라니……. 아저씨 같으면 그런 난데없는 말이 믿어지겠냐구요."

'거참, 당돌한 아일세.'

실실 웃어 가면서 제 할 말은 다 하고 있는 혜인이 조금 껄끄러워지는 조재춘이었다.

'너, 경계 대상 1호다.'

나름대로 혜인에게 경계선을 그은 조재춘이 속으로 고개

를 끄덕였다.

어쨌든 충분히 이해할 수 있는 말이긴 했다.

고등학교 졸업 학력이 전부인 담용이 어느 날 느닷없이 5급 공무원이 됐다면 누구라도 쉽게 믿지 못할 것이다.

이건 당사자가 신뢰 있는 인물이건 아니건 상관없는 문제였다.

두 언니와 남동생의 표정을 보니 모두 혜인의 물음에 공통된 의문을 지녔는지 그의 대답만 기다리고 있는 모습이다.

혜인이 버릇없이 나섰어도 굳이 나무라지 않는 이유이기도 했다.

'쩝, 이거 대답을 잘해야겠는걸.'

까닥 잘못 대답했다간 담용이 궁지에 몰릴 수도 있을 것 같아 조심스러웠다.

'젠장, 이런 질문이 있으리라고는 생각도 못 했는데……'

그나저나 담용이 거기에 대해 동생들에게 뭐라고 대답했는지 알 길이 없어 어디서부터 말문을 열어야 할지 몰랐다.

'에이, 그냥 기본적인 것만 두루뭉술하게 말해 주는 수밖에.'

생각을 정리한 조재춘이 헛기침을 내뱉고는 입을 열었다.

"크흠, 공무원이 꼭 공채 시험을 통해서만 뽑는 게 아니라서 그래요."

"아! 특채로 됐다는 말은 들었어요."

"그런데 왜……?"

"에헷! 특채로 됐다고 해도 무슨 이유가 있었을 것 아니냐고요. 저흰 그게 궁금하다구요."

"뭐, 별것 없어요. 공무원 특별 채용이란 말이 원래 '국가 공무원 민간 경력자 일괄 채용 시험'이란 뜻이거든요. 육 담당관님이 거기에 응시했고 합격한 것이 전부예요."

지극히 간단한 설명.

"에이, 아저씨도 참. 그 정도는 저도 알아요. 큰오빠에게 그 말을 듣고 다 알아봤거든요."

'응?'

혜인이 또 만만찮게 대거리를 하고 나오는 것에 조재춘이 살짝 긴장하다가 곧 어이가 없어 실소를 머금었다.

"5급 공무원이라면 특채라도 박사 학위 정도는 가지고 있어야 자격이 있는데, 큰오빠는 박사 학위는커녕 고등학교 졸업 학력이 전부인데 그게 가능하냔 말이에요."

"크흠, 혜인 양이 뭘 잘못 알고 있는 것 같군요."

"에? 뭐가요?"

"아마도 인터넷에서 알아본 모양인데, 그건 극히 일부의 얘기일 뿐이야."

하대를 해도 괜찮겠다고 판단한 조재춘이 슬며시 말을 놨다.

혜린이 정도의 나이라면 몰라도 혜인이라면 아직 고등학

생이니 말을 놓는 것이 더 대화가 편할 것 같아서였다.

"예를 들어 보자. 만약에 혜인 양이…… 그래, 여기 캐모 마일차를 세계에서 그 어느 누구보다도 제일 잘 우린다고 했을 때, 호텔이나 전문 식당가에서 스카웃을 하겠어, 안 하겠어?"

"그, 그야 당연히……."

"하핫, 바로 그런 이치라고."

"하, 하지만 큰오빠 그런 게 없었다구요. 제가 알기로 는…… 그냥 특수부대를 제대한, 남보다 조금 건강한 사람일 뿐이라구요."

"헐, 그렇게 알고 있었다면 큰오빠를 한참 몰랐다는 얘기 로군."

"예? 그, 그게 무슨 말씀이시죠?"

"그 전에 한 가지 물어보지. 지금이 어떤 시기지?"

"시기라면……. 아! IMF를 말하는 건가요?"

"역시 똑똑하군. 한 가지 더 묻자. IMF라는 게 뭔지 아 니?"

"알아요. 나라에 달러가 하나도 없다는 걸 말하는 거죠."

"하핫, 핵심을 제대로 알고 있군. 맞아."

"에이, 그게 큰오빠와 뭔 관계가 있다고……."

"더 들어 봐. 네 큰오빠, 그러니까 육 담당관은 이번 IMF 기간 동안 엄청난 공을 세웠어."

"에? 고, 공요?"

뭔 소린가 싶어 모두의 시선이 조재춘의 얼굴로 쏠렸다.

"응, 그게 뭐냐면 막대한 외자를 벌어들임과 동시에 하마터면 해외로 반출될 뻔한 나라의 막대한 자금 유출을 막았단다."

"예? 뭐를 벌고 뭐를 막아요?"

'에구, 아직은 고등학생이니⋯⋯.'

담대하긴 했지만 목소리만 컸지 사회 경험이 전무한 혜인이 이해하기에는 아직 이른 내용이라 여긴 조재춘이 혜린을 쳐다보며 내심 진실에 거짓을 조금 섞기로 마음을 먹었다.

진실에 거짓 1퍼센트만 섞으면 진실보다 더 진실 같은 얘기로 변질됨을 알기 때문이다.

"올해가 가기 전에 대통령께서 IMF로부터 받은 구제금융 1차분을 변제한다는 발표를 할 예정이지요. 지금 말한 건⋯⋯."

말을 잠시 멈춘 조재춘의 말소리가 한층 낮아졌다.

"특급 비밀이니 누구에게도 말하면 안 됩니다. 아셨지요?"

끄덕끄덕.

덩달아 긴장한 네 사람은 연방 고개를 끄덕였다.

더불어 조재춘의 말소리가 낮아진 만큼 상체까지 숙여졌다.

더 자세히 들어 보고자 하는 마음에서였다.

시선들은 이미 '껌딱지'가 되어 달라붙고 있었다.

그 모습에 절로 웃음이 터져 나오는 것을 억지로 삼킨 조재춘이 말을 계속했다.

"크흠, 그 일련의 과정에서 육 담당관이 지대한 공을 세웠기에 대통령님의 특명이 있었지요."

조재춘의 시선이 혜인이에게로 향했다.

"혜인이는 큰오빠 직업이 뭔지 알지?"

"네, 부동산 회사 직원요. 공인중개사거든요."

"그렇지. 근데 공인중개사나 부동산 회사를 어느 부서에서 관장하는지 알아?"

절레절레.

"모르는데요?"

"하핫, 그게 바로 우리 부서란다."

조재춘의 시선이 다시 혜린에게로 돌려졌다.

"혜린 씨, 그래서 건설교통부에서 나서지 않을 수가 없었지요."

"처, 처음 듣는 얘기예요."

"육 담당관이 말을 하지 않았다면 그렇겠지요. 하지만 사실입니다. 대통령님의 특명이 저희 부서로 떨어졌거든요. 당장 영입하라고요."

"아!"

"뭐, 간단한 시험을 거치긴 했지만 육 담당관은 의외로 실력이 짱짱한 사람이더군요. 영어와 일본어 실력은 말할 것도 없었고요. 혹시 집에서 공부를 열심히 했었습니까?"

"아, 네. 부모님이 세상을 떠나신 후 저희…… 밑으로 줄줄이 달린 동생들을 공부시켜야 했기에 대학에 합격하고도 포기해야 했어요. 하지만 공부를 중단한 한이 컸었는지 손에서 책을 놓은 적이 없었어요. 심지어 각종 전공서적이나 신문, 잡지, 외국 서적에 이르기까지요."

"어쩐지 해박하다 했더니……."

"오빠 집에 들어오면 밖에서 일어난 일에 대해 일절 말을 안 해요."

모를 수밖에 없다는 얘기.

"오빠가 어떤 일을 했는지 구체적으로 알지는 못하지만 조 선생님의 말씀을 들어 보니 공무원이 된 이유를 짐작할 것 같네요. 그런데 5급이라면 고등고시를 봐야 하지 않나요?

여전히 남는 의문이라 묻는 것이다.

"아, 그건 이렇습니다. 국가에서 달리 특채란 제도를 둔 게 아닙니다. 예를 들면 의학 혹은 공학박사의 경우나 또는 변호사, 변리사, 기술사 등의 전문 지식을 가진 인재를 소정의 시험을 거쳐 채용하게 되지요. 단지 육 담당관의 경우 박사나 변호사가 아니어서 먼저 7급으로 특채되었다가 곧장 진급한 케이스이지요."

이건 맞는 말이었다.

다만 서류상으로 해결된 것이라 담용도 7급을 거쳤는지 어쨌는지 알지 못한 건 사실이었다.

이는 특채의 경우 어떠한 경우도 부정이 개입되면 안 되었기에 편법을 쓴 것이었다.

국정원에서 세기에 한 명 날까 말까 한 초능력자를 영입하기 위해 그 어느 것보다도 우선시해 혜택을 준 것이라고 보면 맞다.

"7급에서 5급으로 쾌속 승진한 것은 그만큼 공을 세웠다는 것을 나라에서 인정했기 때문이지요."

'후우, 땀나네.'

시원한 물이라도 한 잔 마시고 싶었지만 초롱초롱한 눈들이 다음 말을 기다리고 있어 분위기를 깨는 것만 같아 참았다.

대신 아직도 식지 않고 있는 뜨뜻한 캐모마일차를 한 모금 마셨다.

"이번 출장도 육 담당관만이 할 수 있는 일이라서 베테랑들을 제치고 가게 된 것이지요."

"대체 무슨 일인데요?"

"하핫, 더 이상은 곤란합니다."

어색한 웃음으로 얼버무리는 조재춘의 태도에 다섯 사람은 서로의 얼굴을 쳐다보았다.

눈치가 자신들이 미처 알아보지 못한 담용의 능력이 새삼스러워서인 것 같았다.

　조재춘은 이쯤에서 마무리를 해야겠다고 생각했는지 상의 주머니에서 하얀 봉투를 꺼냈다.

　그때, 여태껏 가만히 듣고만 있던 정인이 입을 열었다.

　"저기……."

　"예, 궁금한 점이 있으면 말씀하시지요."

　"조금 이상한 것이 있어서요."

　"뭐가요?"

　"담용 씨가 공무원이라면 겸직을 할 수 없는 신분인 것 같아서요."

　예리한 지적에 조재춘이 잠시 당황했지만 곧 입을 뗐다.

　"아, 아! 거기에 대해 설명이 부족했군요. 맞습니다. 공무원은 국가공무원법 제64조에 의해 영리를 목적으로 하는 업무에 종사하지 못하게 되어 있습니다."

　조재춘이 말한 국가공무원법 명문은 이랬다.

국가공무원법 제64조(영리 업무 및 겸직 금지)

　① 공무원은 공무 외에 영리를 목적으로 하는 업무에 종사하지 못하며 소속 기관장의 허가 없이 다른 직무를 겸할 수 없다.

　"하지만 지금은 IMF하의 비상시국이라 공무원이라도 능력만 있다면 일선에 배치되어 일할 수밖에 없는 실정이지요.

육 담당관의 경우는 그 능력이 특출한 바가 있어 국가의 자산인 부동산이 해외로 새어 나가지 못하게 하는 막중한 임무를 띠고 최일선에서 고군분투하고 있는 중입니다. 물론 대외적으로는 공무원이란 신분을 숨긴 채 움직이고 있는 것이니, 가족분들도 입조심을 해 주시기 바랍니다."

"모른 체하란 말씀이군요."

"그렇지요."

"알겠어요. 그 문제는 걱정하지 않아도 될 거예요."

'헐. 똑 부러지는 여자군.'

입매도 예리했던 지적처럼 야무져 보였다.

'어째 육 담당관이 쥐여 살 것 같은데…….'

그런 예감이 들었지만 당사자의 문제일 뿐.

"혜린 씨, 이거 받으십시오."

"뭐……죠?"

"육 담당관의 출장에 따른 특별상여금입니다. 운영지원팀의 함영민 과장님께서 저더러 대신 전해 드리라고 해서 가져왔습니다."

"통장으로 이체시켜도 될 텐데……."

"아, 시일이 늦춰지는 것에 대해 말씀드릴 겸 해서 가져온 겁니다. 또……."

"……?"

"혹시나 주변에 어려운 점이 있는지도 알아보고 돌봐 드리라는 말씀도 있어서요. 혹시 그런 게 있습니까?"

"아뇨, 오빠가 없는 것만 빼면 별일은 없어요. 그런데 전화도 할 수 없는 상황인가요?"

"그 문제는 당분간 참으셔야 할 겁니다. 워낙 비밀을 요하는 일이라서요. 더 이상은 곤란하니 묻지 마시기 바랍니다."

"그럼 한 가지만 부탁드릴게요."

"말씀하시지요."

"수시로 오빠가 무사하다는 것을 알려 주세요. 그 정도는 괜찮겠지요?"

"아, 그럼요. 비선을 통해 서로 연락을 하고 있으니까요."

가족들을 안심시키기 위해서는 무슨 말인들 못 할까?

'쩝, 얼굴이 뜨뜻해지는군.'

이 짓도 못 할 짓이라 여긴 조재춘이 남은 캐모마일을 한 번에 마시고는 자리에서 일어섰다.

"그럼 저는 이만 가 보겠습니다. 육 담당관에 대해서는 너무 걱정하지 않으셔도 되니 안심하고 기다리십시오."

살짝 고개를 숙이는 것으로 인사를 대신한 조재춘이 현관으로 향했다.

그러면서 간절한 마음을 담아 속으로 중얼거렸다.

'육 담당관, 제발 무사히 돌아오게.'

만약 잘못되기라도 한다면!

조재춘은 자신을 용서하지 못할 것 같은 마음이 들었다.

빌어먹을 영감탱이들

조재춘이 담용의 동생들을 만나고 있던 그 시각, 담용은 예의 빈민가에서 하얼빈에서 내처 달려온 홍문종을 뤄시양 그리고 급히 호출한 김창식과 같이 만나고 있었다.

"이봐, 왜 이리 늦었어. 사고라도 있었던 거야?"

서너 시간이면 올 줄 알았던 홍문종이 저녁이 되어서야 도착하자 말이 나오지 않을 수 없었다.

그러나 눈빛은 반가운 마음 때문인지 웃음을 띠고 있었다.

아울러 담용과 함께 지내는 동안 시종일관 무게를 잡고 있던 말투나 표정도 지푸라기처럼 가벼워졌다.

"후아. 후아."

"뭐야? 레슬링이라도 한판 뛰고 온 거야? 왜 이리 씩씩대?"

'헐.'

담용은 태도가 180도로 변한 뤄시양이 새삼스러웠다.

"어이구, 선배님, 말도 마십시오. 요소요소에 검문소가 설치되어 어찌나 검문이 심한지…… 요리조리 피한다고 했는데도 검문소가 워낙 촘촘해서요. 결국 걸렸지 뭡니까, 헉헉."

"자, 목이나 먼저 축이고 말해."

뤄시양이 자신이 마시려고 따라 둔 물컵을 내밀었다.

"옙!"

벌컥벌컥.

"후아, 이제야 살겠다."

"붙잡혔다더니 그래도 용케 빠져나왔네."

"시간이 문제지 빠져나오는 거야, 뭐……."

털썩.

"새끼들이 신분이 확실한데도 확인이 될 때까지 대기하라고 하는 통에 시간을 다 보냈지 뭡니까? 하여튼 그놈의 만만디 알아줘야 한다니까. 정말 겨우 빠져나왔습니다."

의자에 앉고서도 분했던지 결코 엄살로 보이지 않는 너스레를 떨어 대는 홍문종이다.

"선배님, 대체 무슨 일이 있었던 겁니까? 밖이 엄청 살벌합니다. 공안이야 그렇다고 쳐도 좀체 나서지 않는 무경들까지 설쳐 대니……. 어디서 전쟁이라도 터진 겁니까?"

"뉴스를 들었다며?"

"에이, 고작 그걸 가지고 계엄령이 발효된 것처럼 난리 법석을 떨 리가 없잖습니까?"

"엉? 어디까지 들었는데 그런 말을 해?"

"아, 선배님도 TV를 보셨으면 아실 거잖아요?"

"여긴 그딴 거 안 키워. 라디오로도 다 들을 수 있다고."

"아, 쉬, 깜빡했네. 제가 들은 건 한 명이 부상을 당하고 창고 동 한 채가 폭발했다는 게 다였어요."

"뭐? 풋! 푸하하하하핫!"

기도 안 찼는지 뤄시양이 파안대소를 했다.

담용과 김창식도 속으로 피식피식 웃을 수밖에 없었다.

"어? 아닙니까?"

"크하하핫, 진짜 그놈의 빤한 쇼에 배꼽 빠질 뻔했네. 마! 공안국이 전체가 아예 다 날아갔는데 뭐라? 창고 동만 폭발해! 이거야 원. 선양의 개들이 다 하품할 소리다, 즈엉말."

"……?"

"이봐, 홍. 공안국이 폭발하자마자 매스컴에서 아우성을 쳐 댄 건 사실이다. 뭐라고 한 줄 알아? 놈들이 중구난방으로 떠들어 댄 게 사망자만 백 명이 넘을 거라는 헛소리였다고."

"에? 정말요?"

"그래, 그러다가 금세 보도 통제에 들어갔지. 입심 센 패

널들을 대거 총동원해서 진화에 나선 덕분에 잠깐 나왔던 아우성이 쏙 들어갔다고."

"아하하핫, 말도 안 되게 축소한 거군요."

"보도 통제하에서 발표된 내용인데 사실일 리가 없잖아?"

담용은 뤼시얭이 저리 말하는 것이 충분히 이해가 됐다.

미래에도 중국의 보도 통제는 확실하게 이루어졌으니 지금이야 말할 것도 없다.

지금만 해도 못해도 족히 10여 구의 사체를 발견하고도 남았을 테지만 보도는 고작 부상 한 명이라니!

나머지는 경상.

정말 기도 안 찼다.

그나마 보도 통제로 인해 현장 중계를 하는 것도 아니고 짬짬이 보도하고 있는 상황일 것이고, 그마저 심층 보도도 아닐 것이 틀림없었다.

거기에 검문검색을 강화하는 것으로 주민들을 통제하기까지 했다.

전형적인 사회주의국가의 행태를 보여 주고 있는 중국 당국이었다.

더 놀라운 점은 당국의 그런 조치에 인민들이 아무런 불만도 내비치지 않고 순순히 받아들인다는 것이다.

"일단 앉아. 아, 여긴 본국에서 오신…… 왕일량이란 분이시고 이분은 김 요원이시다."

이름이야 아무려면 어떠랴 싶었던 뤄시양이 담용과 김창식을 그렇게 소개했다.

"어? 반갑소. 저는 그냥 뚠먼이라고 부르면 됩니다."

"왕일량입니다. 만나서 반갑습니다."

홍문종은 담용을 알아보지 못했다.

당연한 것이 지금은 담용 원래의 얼굴이었고, 하얼빈에서는 천건호란 50대 중년의 인물로 분장해 만났던 터라 알 턱이 없었다.

홍문종이 자리에 앉자 그래도 손님이랍시고 뤄시양이 커피를 내오는 사이 홍문종과 감창식이 악수를 했다.

"경주 김가입니다."

"하하, 저는 남양 홍가입니다."

국정원은 같은 소속의 파트너가 아닌 이상 서로를 깊이 알려고 하지 않는 것이 원칙이어서 소개도 대충 이런 식으로 하고 넘어갔다.

"선배님, 선양에 무슨 일이 일어났는지 좀 자세히 말해 줘요."

"알면 다칠 텐데…… 흐흐훗."

기괴한 웃음을 흘린 뤄시양이 담용을 흘긋거렸다.

"뭡니까? 그 음흉한 웃음은?"

그렇게 말하면서 홍문종도 담용을 쳐다보더니 곧 무언가를 짐작했는지 표정이 확 변했다.

"서, 설마……?"

"흐흐흣, 그 설마란 말을 역시로 바꾸는 게 좋을 거다."

"헉! 하, 하면 공안국 폭발이……?"

"맞아, 모두 여기 계신 왕일량 씨가 깔끔한 솜씨로 해낸 거지."

"허거걱! 그 일을 왕 형이 했다고요?"

"그렇다니까."

"……!"

말문이 막힌 듯한 표정을 짓는 홍문종이 기함을 하든 말든 뤄시양이 으스대며 말이 이어졌다.

"탈북자들을 잡으려고 혈안이 되어 있는 북한 공작원의 눈을 돌리고 공안들을 바쁘게 만들기 위해 한 일이었지만, 어쨌든 대단한 일이지. 우리도 사정이 급했었거든. 다행히 공안국 폭발 한 방으로 한숨 돌리게 됐지."

"호, 혼자서 해냈단 말입니까?"

"자네도 알다시피 우리가 동원할 인원이 있어야 말이지. 폭파는 왕일량 씨 혼자 침투해 들어가 해낸 거야. 여기 김 요원은 오늘 아침에 합류한 거고."

"우와! 대단하시네요."

척!

뤄시양의 말을 추호도 의심하지 않는지 홍문종이 엄지손가락을 세우며 담용을 존경스럽다는 듯이 쳐다보았다.

"왕 형, 폭약은 어디서 구했소?"

"지하에 다이너마이트가 잔뜩 있었소. 여기 뤄시양 씨가 전해 준 정보 덕을 톡톡히 봤지요."

"아, 아. 탄광용으로 사용하는 다이너마이트 말이군요."

홍문종이 금방 납득했다.

"맞아요."

"으하하핫, 공안 놈들이 눈에 불을 켜고 길길이 날뛸 만하네요. 어쨌든 통쾌합니다, 하하하……."

"어이, 후배, 이제 그만하고 본국에서 온 전통이나 내놔 보라고."

전통은 전언통신문을 말하는 것이었지만, 실지로는 본국에서 사람이 와서 전한 것이다.

즉 이런 경우 휴민트humint를 통한 정보 수집이라고 했다.

다시 말하면 연락책이나 정보원 또는 내부 협조자 같은 인적 네트워크의 구축을 통한 정보 취득이라고 보면 된다.

이외에 테킨트techint가 있다.

테킨트는 고도의 기술을 통한 정보 수집 방법으로, 다양한 수단이 동원된다.

그중 몇 가지를 소개하면 이렇다.

이를테면 레이더나 전파 분석 같은 최첨단 장비의 사용으로 수집하는 시긴트sigint와 항공기 인공위성 등에 탑재된 촬영 장비를 통해 정보를 수집하는 이민트imint, 그리고 주파수나 음향 전자광학 같은 수단으로 정보를 수집하는 마신트 masint, 마지막으로 공개 출처 정보 수집으로 신문 방송 같은 공개된 정보를 분석해서 정보를 캐내는 오신트osint 등이 그것이다.

"내놓긴 뭘 내놔요. 제 입에서 나와야 하는걸요."

증거를 남기지 않으려고 자신의 머리에 입력시키고 왔다는 뜻.

"그럼 읊어 보지 그래?"

"여기……."

홍문종이 빈민 안가란 곳이 처음이었는지 잠시 휘둘러보고는 말했다.

"괜찮은 거유?"

방음이 영 미덥지 않다는 뜻이다.

"괜찮아. 왜 안 믿겨?"

"누가 봐도 그럴 것 같은데요?"

"방음장치하는 데 돈 좀 썼으니까 안심해. 저기 골목과 맞닿은 출입문만 제외하고 사방을 콱 틀어막았다고. 출입문이야 늘 여닫으며 드나드는 곳이라 곤란해서 놔뒀지. 그 대신에……."

뤄시양이 일어나더니 거실이자 방 출입구 위에 달린 걸쇠를 조작했다.

스르륵. 쿵.

합판 크기의 제법 두꺼운 나무판이 내려오더니 입구를 아예 공기조차 샐 틈 없이 틀어막아 버렸다.

"크크큭, 선배님의 기발한 착상은 여전하시네요."

안가에서 나흘째 머물고 있는 담용도 그런 용도가 있었는지 알지 못했으니 홍문종의 말대로 기발한 착상이긴 했다.

그러고 보니 은근히 들려오던 바깥의 잡음들이 싹 가셨다.

벽체에도 방음장치를 했다더니 빈말이 아니었다.

"후배, 배고프면 먹으면서 얘기할까?"

"아, 오면서 대충 때워서 그런지 아직은 괜찮습니다."

"좋아, 그럼 들어 보자고."

"그 전에……."

홍문종이 담용과 감창식을 번갈아 쳐다보며 물었다.

"두 분 중에 Z란 분이 누구죠?"

담용이 대답했다.

"접니다."

"아!"

"홍, Z라니? 그게 무슨 말이야?"

"선배님이 모르는 걸 제가 어찌 압니까?"

뤄시양이나 홍문종은 제로벡터란 특수 요원의 암호명을 알기에는 직급이 낮았던 탓에 생소할 수밖에 없었다.

그러나 그것으로 한 가지는 알 수 있었다. 담용이 자신들보다 직급이 높다는 것을.

그렇지 않고서야 선양지부 부부장 격인 뤄시양을 제쳐 놓고 Z를 거론할 수는 없었을 테니까.

"Z가 뭐 하는 사람인데 엉뚱하게 여길 와서 찾아!"

"어어, 그러다가 눈 찌르겠어요."

뤄시야의 삿대질에 홍문종이 상체를 뒤로 젖히면서 말했다.

"선배님, 저도 모르는 Z를 거론한 건 말이죠. 회사에서 제 머리에 있는 내용을 Z가 없는 곳에서는 입도 벙긋하지 말라고 해서 필히 확인을 해야 할 의무가 있어서입니다."

"쿵! 누가 뭐라냐?"

어딘가 모르게 기분이 걸쩍지근해진 뤄시양이었다.

그도 그럴 것이 홍문종이 Z를 거론했다는 것 자체가 이번 임무를 주도하는 사람이 자신이 아니라는 뜻인 것이다.

바꿔 말하면 이제 갓 입사한 것같이 새파란 애송이가 자신보다 직급이 더 높다는 사실 때문이다.

즉 명령 체계가 바뀌었다는 뜻이다.

그럼에도 불구하고 담용이 여태껏 그런 티를 내기는커녕 오히려 상사를 대하듯 존중해 준 태도에 조금 놀라기도 한 뤄시양이었다.

이건 젊은 사람으로서 결코 쉽지 않은 심성을 가졌다는 뜻이어서 담용을 다시 한 번 생각하는 계기가 됐다.

뤄시양에게서 그런 분위기를 읽은 담용이 입을 열었다.

"저는 제가 맡은 임무만 처리하고 귀국하면 끝나는 일회성일 뿐인 사람입니다. 그러니 이번 일 역시 이곳의 사정이나 지리에 밝은 뤄시양 님이 맡는 게 더 효율적이라고 봅니다. 저는 임무가 하달되면 그걸 수행하는 데만 집중할 뿐 그 외의 사안은 경험이 많은 뤄시양 님이 이끌어 주십시오."

"크흐흠, 그래도 명령 체계의 일원화는 매우 중요한 요소이고 또 직급을 무시한다는 건 곧 하극상을 범하는 일인데……."

"하핫, 당사자가 그걸 따지지 않는데 어찌 하극상이라고 할 수 있단 말입니까? 그러지 마시고 지금까지 해 온 대로 가십시다. 자, 그렇게 하기로 하고, 홍 선생은 이제 털어놔 보시지요."

뤄시양의 말은 더 들을 것도 없다는 듯 담용이 홍문종을 채근하고 나섰다.

그때부터 홍문종이 털어놓은 얘기는 실로 놀라운 내용이었다.

긴급 지령 세 건.

들어 보니 하나같이 만만치 않은 임무였다.

단, 허교익 박사의 건은 이곳 CIA 지부에서 제공했던 정보와 일치했다.

"염병할. 지부장도 없는 판국에 도대체 뭘 믿고 이따위 지령을 내린 거야?"

"자 자, 한꺼번에 의논하기보다 하나씩 차근차근 살펴보지요. 첫 번째 임무가 랴오닝 성 동강 앞바다 건이군요."

담용의 말대로 첫 번째가 이미 국정원에서도 언급됐었던 무기 밀수 건으로, 실행 시기가 근일 내內에 이루어질 것으로 예상된다고 했다.

장소는 랴오닝 성 동강東港 앞바다로 추정하고 있었다.

동강은 단둥시에 있는 항구를 말함이었다.

"그게 뭐야? 내용이 너무 두루뭉술하잖아. 더 자세한 걸 털어놔 봐."

너무나 간략한 내용에 뤄시양이 툴툴거렸다.

"저도 받은 내용이 그것밖에 없으니 제게 뭐라고 하지 마십시오."

"아, 누가 자네보고 뭐라고 해? 그렇지만 자칫 목숨까지 걸어야 하는 일일지도 모르는데, 정보가 너무 허술하다고 생각하지 않냐고?"

"회사에서도 직접 알아낸 것이 아니고 CIA에서 제공한 정보랍니다. 더 이상의 정보가 있었다면 왜 말하지 않았겠습니까? 그런 걸 아껴서 뭘 하겠다고……."

그렇게 말하면서 홍문종이 슬쩍 담용을 바라보았다.

그럴 것이 지령을 직접 수령하는 대상자, Z란 암호명을 가진 자가 핵심이어서였다.

그가 직급이 높고 해결사 노릇까지 해야 하니 당연히 눈치를 볼 수밖에 없었다.

그런데 당사자는 가만히 있는데 뤄시양이 더 설치고 나섰다.

"CIA 그 자식들은 참 오지랖도 넓다. 짜식들이 말이야, 정보를 제공하려면 제대로 된 걸 줄 것이지. 아니면 아예 주지를 말든가. 꼭 퍼즐을 맞추게 한단 말이야."

"뭐, 아니꼽지만 어쩌겠습니까, 인공위성 하나 없는 나라라 그거라도 감지덕지해야 할 판인데요."

"씨발, 언제까지 다리품을 팔며 뛰어다녀야 하는지 원."

이렇듯 서로 주고받는 대화들이 가벼운 것 같지만 다뤄야할 주제가 무거웠기에 시합을 앞두고 준비운동을 하듯 분위기를 조성하려는 의도임을 담용은 알았다.

담용의 추측이 맞았는지 본격적으로 주제를 다루기 시작하기로 한 뤄시양의 얼굴에 정색이 깔렸다.

"그건 그렇고 밀수 무기는 어떤 종류래?"

"그건 저도 모릅니다. 무조건 파괴시키라고만…….."

"헐, 랴오닝 성 동강 앞바다라면 북한 애들의 놀이터나 마찬가지라고. 요원들을 자살 특공대로 만들 작정이 아니라면 근처도 못 가서 다 뒈진다고!"

북한 애들의 놀이터라고 말한 것은 그만큼 지리적으로 가깝다는 뜻이었다.

"랴오닝 성에 나가 있는 요원들의 협조를 받아도요?"

"내가 걔들이 아는 만큼 알고 있으니 그런 말을 하는 거야."

지부장 대행 자격으로 일일이 보고를 받고 있으니 당연했다.

"하긴 뭐…… 걔들도 선배님 통제하에 있으니……."

"제길. 지령이 떨어졌으니 하는 척 흉내라도 내긴 내야 할 텐데……."

뤼시양이 난감해하는 표정을 자아낼 때, 그 말을 기다렸다는 듯 담용이 나섰다.

어차피 자신이 할 일이었고, 자신이 여기 없었다면 이런 지령을 내렸을 리가 만무함을 알기 때문이었다.

더구나 Z란 암호명까지 언급한 것은 확실히 자신더러 해결하라고 지시한 거나 마찬가지였다.

"제가 해결하지요. 어차피 제게 내려진 지령이잖습니까?"

"뭐, 그렇긴 한데…… 이 건은 조력자가 반드시 필요한 일입니다."

혼자서는 어렵다는 뜻.

당연히 담용도 홀로 모든 걸 해결할 생각은 없었다.

독불장군도 아니고. 가용할 인력을 최대한 동원해서 협조를 얻을 생각이었다.

"물론 저 혼자는 해내기 어렵다는 걸 알고 있습니다. 다만 동강의 일은 저만 나설 겁니다. 그래도 길 안내와 거기에 필요한 재료들은 조달해 주셔야 가능하다는 거 아시죠?"

"그야 물론이지요."

담용에게 있어 중국은 생소한 지리와 환경 그리고 문화를 가지고 있다.

　고로 많이 익숙해 있는 이들의 도움을 받는다면, 임무 수행이 보다 쉬울 수도 있을 것 같다는 생각이 들었다.

　다만 한 가지 걸리는 것이 있어 물었다.

　"홍 형, 한 가지 물어보지요. 밀거래되는 무기 종류가 뭔지 아세요?"

　절레절레.

　"그것도 정확히는…… 다만 미사일에 장착할 전자 장비 부품일 거라고만 추측하고 있다고 합니다."

　"당연히 다른 무기류도 있을 테고요."

　끄덕끄덕.

　"그들이 여태껏 해 온 방식이라면 예전과 크게 벗어나지는 않을 것으로 봅니다. 이를테면 재래식 무기 전력의 성능 개량이나 정비를 위한 부품류 같은 거요."

　"주로 어느 나라 제품입니까?"

　"러시아와 중국 제품이 주를 이룹니다."

　역시나 예로부터 도움을 주기는커녕 괴롭히고 피해만 입혀 온 국가들이 대를 이어서 한반도를 괴롭히고 있는 중이다.

　무슨 나라가 안팎으로 지지리도 복이 없는 건지 원.

　아니면 스스로 이미 가지고 있던, 굴러오던 복을 걷어차 버리는 행위를 했든가.

아무튼 이런 환경에서도 견뎌 나가는 원동력은 아마 열악한 가운데서도 꿋꿋하게 감내하며 개미같이 묵묵히 일하는 국민성 때문일 것이다.

뻔뻔한 정치꾼들이 많은 걸 빼앗아 가도 한없이 너그러운 국민들.

그렇게 성인군자 같은 마음을 지녔으니 정치꾼들이 욕심껏 제 배를 채워도 그나마 이 나라 대한민국이 지탱되는 것일 게다.

빌어먹을 종자들이다.

"그 외에 더 아는 게 있습니까?"

"쩝, 그래서 저도 답답합니다. 우리가 직접 파악한 것이 아니고 CIA 측에서 제공한 정보에만 의지해야 하다 보니……. 다만 Z에게 필히 전하라는 말은 있었습니다."

"아, 뭐죠?"

"사정이 열악하지만 직접 알아보고 판단해서 해결하라고 했습니다."

"그 외에 다른 말은 없었고요?"

"예, 제가 전달받은 건 그것뿐인데요?"

'이런, 빌어먹을 영감탱이들!'

절로 욕설이 튀어나왔다.

'환경도 엿 같은 곳에다 보내 놓고 뭐라? 직접 판단하고 알아서 해결하라고? 이거 상관이면 다야? 나, 프리랜서라고

오오오-! 썩을…….'

그저 담용의 능력이라면 뭐든 다 해결할 것이라는 소리나 다름없지 않은가?

담용이 내심 아우성으로 불만을 표현했다면 뤼시앙은 드러내놓고 벌컥 화를 냈다.

"염병할. Z가 무슨 슈퍼맨이야? 뭐야, 자넨 그걸 지령이라고 덜컥 받아 가지고 온 거야?"

정작 당사자인 담용보다 뤼시앙이 더 버럭 화를 내는 것은 아마 자존심이 상한 탓도 한몫했을 것이다.

이를 모르지 않는 홍문종이 울상을 지었다.

"선배님, 전 받아 온 지령만을 전할 뿐 아무런 권한이 없다는 걸 아시잖아요?"

"씨발, 말 같은 소릴 해야 그런 말이 안 나오지. 에이!"

벌컥벌컥.

탁.

"답답한 양반들 같으니…… Z더러 아예 섶을 지고 불 속으로 뛰어들라고 하지그래. 그런 말은 안 하든?"

"하하하, 진정하십시오. 설마 그런 뜻으로 말했겠습니까? 저도 불가능하면 그냥 포기하고 돌아올 테니 너무 마음 쓰지 마세요."

불만을 터뜨려 봐야 상황이 변할 것도 아니었다.

또한 화를 내서 좋아질 건 아무것도 없었다.

뤄시양도 그렇겠지만 씁쓸한 마음이긴 담용이라고 해서 덜하지는 않았다.

"휴우, 젠장. 말투를 들어 보니 정말 가실 생각이군요."

"명령이잖아요?"

"쩝, 필요한 게 많을 겁니다."

아닌 게 아니라 임무를 원만하게 수행하기 위해서는 준비할 게 적지 않을 것 같긴 했다.

그렇지만 검문이 워낙 심한 요즘이라 준비를 하더라도 단둥까지 가져가는 일도 문제가 될 것 같았다.

이런 임무가 주어질 줄 알았다면 공안국을 폭파시키는 일은 없었을 것이다.

운신이라도 편하게.

뤄시양이 손을 불쑥 내밀었다.

"내놔 봐."

"에? 뭐, 뭘요?"

"뭐긴 뭐야, 폭약이라도 줘야 일을 할 것 아냐?"

"그, 그런 게 어딨어요?"

"뭐? 그럼 뭘로 쳐부수라는 건데? 맨몸뚱이로?"

'아 쒸, 이 양반이 자꾸 왜 이래?'

말할 때마다 딴죽을 걸고 나오니 괜히 죄인이 된 기분이 드는 홍문종이었지만 전할 말은 해야 했다.

"잘 아시잖아요. 현지 조달로……."

"야!"

깜짝!

"이게 무슨 손바닥만 한 권총 하나로 해결될 일이야, 현지 조달을 하게! 대포라도 훔칠까, 아니면 미사일?"

"아, 아, 진정하세요."

정말 화가 치밀었던지 고함을 지르고 흥분으로 씩씩대는 뤄시양을 담용이 말렸다.

뤄시양의 입에서 또다시 험한 말이 튀어나올까 싶어 담용이 얼른 물었다.

"홍 형, 혹시 놈들이 무기 수출도 겸합니까? 이를테면……음, WMD 같은 대량 살상 무기나 포탄 따위 말입니다."

만약 그런 게 있다면 그걸 이용하면 되었기에 묻는 말이다.

그렇게 되면 힘들여 폭약을 구할 필요가 없었다.

근데 어느새 흥분을 가라앉힌 뤄시양이 먼저 입을 열었다.

"아, 그건 제가 말씀드리지요."

담용에게 시종 반존대를 해 오던 뤄시양의 말투가 Z란 암호명 때문인지 몰라도 완전한 존대로 바뀌었다.

"북한의 경우 1년에 한두 차례 이런 일을 벌이는데, 무기 수출입을 동시에 합니다. 그러니까 북한 측에서는 중동이나 동남아시아 혹은 아프리카로 재래식 무기를 수출하고, 대신 중국이나 러시아 측으로부터 무기 생산에 필요한 전자 부품을 수입하는 거지요. 이걸 공공연하게 하지 못하다 보니 밀거래를 통해서 목적을 이루는 것입니다. 당연히 수출품에는 재래식 무기에 필요한 장약이나 신관도 같이 따라가야 하지요. 그게 없다면 알맹이는 쏙 빼고 껍데기만 파는 격이니까요."

듣고 보니 잘만 하면 폭약 정도는 밀거래 현장에서 취할 수 있을 것 같았다.

"그걸 주관하는 부서가 북한 제2경제위원회라는 곳인데, 해상 경비도 거기서 주관하고 있는 걸로 알고 있습니다."

'제2경제위원회?'

처음 듣는 부서 명칭이었다.

그런데 무슨 경제위원회씩이나.

그것도 제2가 있다면 제1은 물론 제3, 4, 5…… 몇 개가 더 있을지 모르겠다.

'하기야 경제가 막장이니 그런 거라도 많이 설치해 놔야 그나마 돌아간다는 건가?'

딴은 이해가 갔지만 이 모두 인민들을 압박 통제하기 위한 수단으로 세운 것으로밖에는 여겨지지 않았다.

그냥 확 개방해서 시장경제에 맡기면 간단한 것을, 천국이라고 인민들을 속여 놨으니 그걸 숨기느라 급급하다 보니 곳곳에서 송곳처럼 불쑥불쑥 튀어나오는 게 너무 많다.

그랬기에 더 압박하고 더 꽉 조이는 것일 게다.

모두 김정일가를 위시해 5퍼센트도 채 안 되는 공산당 간부들의 호의호식을 위해서다.

바인더북

그걸 유지하려면 어마 무시한 폭발력을 가진 핵을 지니고 있어야 죽을 때까지 안전할 것이라고 여기는 김정일과 그 추종자들이다.

어쨌든 폭약을 구하는 일은 걱정을 덜은 셈이다.

"전자 부품은 미사일을 제작하는 데 필요한 것이겠군요."

"그럴 겁니다. 북한이 가장 취약한 게 그 부분이니까요."

맞는 말이다.

핵을 만들면 뭐 하나, 핵을 싣고 날아갈 미사일이 없으면 만사휴의인 것을.

즉 핵 이동 시스템의 보완 및 완성을 위한 밀거래다.

뭐, 핵배낭까지는 아직 요원한 일일 테지만.

"혹시 국경 지점에 대해 잘 아는 사람이 있을까요?"

해상 국경이라 조금 더 세세한 정보가 필요해서 묻는 말이었다.

"글쎄요. 거기까지 가 본 요원이 없어서……."

갈 일이 없었으니 당연히 알지 못했다.

"뭐, 꼭 필요하다면 그쪽을 잘 아는 사람을 수배해야겠지요. 하지만 나서려고 하는 사람이 있을지 모르겠습니다. 경비가 삼엄한 건 둘째 치더라도 목숨을 잃을 수도 있으니까요."

"이 정도의 검문은 몇 명이라도 데리고 피해 갈 자신이 있습니다만……."

"그 말이 아닙니다."

"……?"

"북한과의 무기 밀거래가 이뤄지는 날은 어선들도 출항을 통제할 정도로 단둥시가 철통같은 경계에 돌입하기에 하는 말입니다."

무기 밀거래가 중국의 노골적인 묵인하에 이뤄지고 있다는 증거 중 하나였다.

"확실합니까?"

"단둥에 있는 요원이 한 말이니 틀림없을 겁니다."

이 말은 나서는 사람이 거의 없을 것이란 뜻과 같았다.

함부로 나섰다가 까닥 잘못하면 총알 세례를 받을 수도 있는 위험한 일이니 이해는 간다.

'쯧, 결국 또 혼자로군.'

현장에 도착하면 국경까지 가는 것은 물론 알아서 결정하고 행동에 옮겨야 된다는 얘기다.

결론은 여기서 아무리 끙끙대 봐야 소용없는 짓이란 것.

담용은 추측이란 것이 진위를 가리는 데 하등 도움이 되지 않아 현장에서 모든 걸 결정하기로 마음먹었다.

그렇게 결정하자 오히려 마음이 편해졌다.

중국의 노림수 외교

"중국의 해관경찰(세관경찰)이 그걸 두고 보고만 있다는 게 정말 이해가 안 가네요. 국제적인 시선도 무시한단 얘기잖 아요?"

"하핫, 중국이 북한과의 일에 대해서는 그것이 무엇이든 관대하게 대하는 건 사실입니다."

그래도 아주 노골적으로 편의를 봐주고 있다는 것이 너무 표가 났다.

"더 웃기는 건 거래가 임박하면 어선 통제는 물론 그 어떤 핑계를 대서라도 단둥 시내에 엄중한 검문이 이뤄진다는 것 입니다. 그것도 공안이 아닌 무경이 나섭니다."

무경이 나선다?

분위기가 살벌해진다는 뜻이기도 했다.

그에 비례해 익숙해진 인민들이라도 생활이 위축되고 거리는 한산해진다.

결과는 검문이 전에 없이 쉬워진다는 얘기다.

"CIA의 눈을 피하려는 수작이겠죠."

그렇다고 모를 리가 없는 CIA다.

이건 여기 있는 모두가 다 아는 얘기지만 입에 올리지 않을 뿐이다.

어쨌든 담용은 금방 이해를 했다.

"예, 중국이 가장 껄끄러워하는 나라니까요. 그래서 그때가 되면 중국에 진출해 있는 미국 기업들의 감시도 강화되지요. 아니, 감시라기보다 동강 앞바다의 일에 신경을 쓰지 못하도록 갖가지 검열을 핑계로 조사를 하고 다닙니다. 이를테면 생산 국가 표기 검열이라든가 규격이나 제품의 질 등을 말입니다."

뭐, 그럴 수도 있겠다 싶었다.

하지만 담용의 의문은 다른 데 있었다.

"이해가 잘 안 가네요."

담용이 고개를 갸웃했다.

"뭐가요?"

"중국이 그런 노력을 하면서까지 북한의 무기 밀거래를 묵인하는 것 말입니다. 무기 밀거래 규모가 얼마나 되는지는 모르지만 떠들썩하게 움직일 만큼의 수익을 얻는다고 여겨지지 않아서 말입니다."

"하하핫, 역시 예리하시네요."

"……?"

"그걸 설명하자면 중국의 북한에 대한 숨은 의도를 먼저 알아야 이해가 될 겁니다."

"설명이 길지 않다면 듣고 싶군요."

사실 아직 뤄시양이 밑밥을 뿌려 놓은 정보원에게서 족제비에 대한 정보가 들어오지 않아 현재 상시 대기 중인 상태였다.

소식이 오면 언제든 자리를 박차고 나가야 하는 담용이다 보니 얘기가 길어지면 다음으로 미루어야 했기에 물어본 것이다.

그러다가 순간, 담용은 아차 싶어 뤄시양에게 말했다.

"뤄시양 님, 동강 앞바다의 일로 단둥시가 지금 어떤 상황인지 알 수 있겠습니까?"

"아! 동강 앞바다의 일이 언제 진행될지 궁금해서 물으시는 거지요?"

"예, 대충 시기라도 알아야 할 것 같아서요."

"후훗, 그 문제는 걱정하지 않으셔도 됩니다. 단둥시에 나가 있는 요원이 시내에 변화가 있으면 연락을 해 올 테니까요. 그건 기본이잖습니까?"

아직은 단둥시에 아무런 변화가 없다는 뜻이자 뤼시양이 지부장 역할을 하고 있다는 말이다.

"중국도 무경이 일찍부터 깔리게 되면 의심을 할 수 있다는 걸 알아서 아마 임박해서야 행동에 들어갈 것입니다. 그렇지만 미리 가서 기다릴 필요가 있습니다. 무경이 행동에 들어가면 단둥으로 들어가기가 더 어려워질 테니까요."

뤼시양의 말은 단둥의 요원이 연락해 올 때쯤이라면 이미 늦다는 뜻이었다.

아무렇거나 역시 동강의 일은 당장은 시급한 게 아니라는 뜻.

홍문종이 Z가 선양에 온 애초의 목적이 뭔지 내내 궁금했던지 물었다.

"선배님, Z 님이 선양에 온 이유가 급하게 처리할 일이 있어서입니까?"

"어? 자네도 알잖아. 족제비 사냥."

"아, 아. Z 님이 그 학살자 놈을 맡았군요."

족제비란 놈이 동북 지역 탈북자들을 워낙 많이 죽였던지라 국정원 요원들은 놈을 학살자로 불렀다.

"응, 지금 그놈의 위치를 수배하고 있는 중이다. 우리는 정보가 올 때까지 대기 중이고."

"제발 따끈한 임자를 만났으면 좋겠군요."

"훗, 반드시 그렇게 될 거다."

담용을 곁눈질한 뤄시양이 자신만만해했다.

삼지연교역에 단신으로 쳐들어가 모조리 황천으로 보낸 사람인데 그까짓 족제비 한 마리쯤이야 하는 눈빛이다.

담용을 믿는 마음이 그만큼 커졌다는 반증이다.

"그놈을 수배 중이라면 사람을 고용했다는 얘긴데…… 활동 자금 수령도 하지 못한 상태에서 어찌……?"

당장 자금이 없어서 곤란해하던 것을 알고 있었기에 궁금하지 않을 수 없었다.

그와 동시에 만약을 몰라 등 뒤에 부착해 놓은 봉투를 떠올리는 홍문종이다.

봉투는 국정원에서 보내온 활동 자금이었지만 아직 내놓지 않았던 것이다.

"하하핫, 그 문제는 시원하게 해결됐다."

"어, 어떻게요?"

예상의 범위를 벗어나는 의외의 대답에 홍문종이 눈을 휩떴다.

"일시에 해결해 준 사람이 나타난 덕분이지. 저거 보이냐?"

"……?"

뤄시양이 가리킨 곳을 쳐다본 홍문종의 눈에 들어온 건 큼지막한 보스턴백이었다.

얘기가 엉뚱한 곳으로 새고 있었지만 담용은 개의치 않았다.

　아직 족제비를 찾았다는 소식도 없고 동강 앞바다의 일도 시간이 있어서였다.

　이들도 그걸 모르지 않아 서둘지 않았다.

　"저게 뭔데요?"

　"후후훗, 가서 직접 봐."

　의문 섞인 표정으로 일어난 홍문종이 다가가 보스턴백을 펼치는 순간, 그의 입에서 새된 목소리가 흘러나왔다.

　"억! 도, 돈! 으아! 이게 다 얼마야?"

　돈다발을 두 손에 든 홍문종의 놀란 얼굴이 고스란히 드러났다.

　가히 통방울처럼 불룩 튀어나온 눈이었다.

　"크크큭. 짜슥, 그 밑에 금괴도 있어."

　그쯤은 아무것도 아니라는 듯 툭 내뱉는 말에 홍문종이 돈다발을 내팽개치고는 마구 더듬더니 골드바 하나를 꺼내 들었다.

　눈이 부실 정도로 찬란한 금빛 발광의 골드바.

　"헉! 저, 정말이네."

　"훗. 네 녀석의 눈이 왕방울만큼 크다는 걸 이제야 알았구나. 마! 욕심나면 하나 가져가."

　뤼시양이 마치 제 금괴나 되는 것처럼 선심을 팍팍 썼다.

　담용은 뤼시양이 그러거나 말거나 빙긋 웃기만 했다.

이유는 뤄시양이 설상차로 자신을 구해 준 은인이라 목숨 값 대신으로 흔쾌히 내준 것이기 때문이었다.

"엑! 저, 정말요?"

"뭐, 하나 정도야 어때. 너는 가질 자격이 있어."

"우와! 감사합니다."

환하게 웃는 얼굴로 냉큼 챙기는 홍문종을 본 담용이 옆에서 묵묵히 앉아 경청하고 있는 김창식에게 말했다.

"김 요원도 하나 챙겨요."

설레설레.

"에이, 가진다고 해도 가지고 귀국하기 쉽지 않아서 사양할랍니다."

그림의 떡이란 말.

눈앞에 골드바를 보고 욕심내지 않을 사람이 몇이나 있을까만 지금은 그저 마음만 동하게 하는 애물덩어리에 불과해 보지 않은 것만 못했던 것이다.

"1킬로그램짜리 골드바라면 가격이 제법 나갈걸요."

문득 황금왕이라 불리는 고상도 회장이 떠올랐다.

'훗. 고 회장이 내 말을 들었다면 금방 가격이 나왔겠지.'

오랜만에 떠올리다 보니 만난 지 꽤 됐다는 것이 새삼 생각이 났다.

'돌아가면 만나서 같이 식사라도 해야겠어.'

요즘 금 한 돈 가격이 얼마더라?

기억을 더듬어 암산해 보려고 할 때, 김창식이 먼저 말했다.

"아마 1천7백이나 8백만 원쯤 될 겁니다."

"최근에 금을 사 봤습니까?"

"예, 얼마 전에 제 여동생 아들이 첫돌이었던지라 금반지 하나를 샀던 적이 있어 가격을 알고 있습니다."

"그 정도면 적지 않은 돈인데 대사관을 통해 가져가면 되잖아요?"

"하핫, 북한 외교관들처럼요?"

이런 건 북한 외교관들이 상습적으로 저지르고 있어 국제사회에서 지탄을 받고 있었다.

"잠시 들렀었는데 거기도 지금 감시가 만만치 않더라고요. 직원들이 전화가 도청당할까 봐 전전긍긍하고 있던데요. 뭐, 괜히 분란 일으킬 일은 아예 만들지 않는 게 좋습니다. 더구나 저걸 분실한……. 가만!"

퍼뜩 뭔 생각이 들었는지 김창식이 담용의 얼굴을 쳐다보았다.

"혹시…… 훔쳤습니까?"

당연히 담용의 전적을 알기에 의심도 하지 않고 묻는 것이리라.

"제가 도둑입니까, 훔치게."

그렇게 말하면서 슬쩍 입꼬리가 올라가는 담용이다.

"흐흐흣, 강탈했군요."

씨익.

담용의 입꼬리가 더 치켜졌다.

'그래, 어쨌거나 남의 것을 강탈했으니 강도짓은 맞지.'

"저걸 강탈당한 쪽에서 신고라도 했다면 발각됐을 때가 문제지요. 신분이 밝혀지기라도 하면 국제적인 망신이 될 겁니다. 국가의 명예가 추락하는 건 말할 것도 없고요."

뭐, 외교행랑으로 옮긴다면 예외겠지만 고작 골드바 하나로 그런 무리를 할 필요는 없었다.

그럴 일도 없겠지만 조심해서 나쁠 것은 없어 담용이 수긍했다.

"선배님, 대체 저게 얼맙니까?"

"안 세어 봐서 몰라."

"뭐, 세어 보나 마나 금괴를 빼고도 전부 1백 달러짜리 뭉치에다 엔화도 1만 엔짜리라서 족히 수십억은 되겠네요. 대체 저 많은 돈과 금괴가 어디서 난 겁니까?"

"으흐흐흣, Z 님이 삼지연교역에서 털어 온 거다."

"예에?"

다시 한 번 뜨헉한 표정을 자아낸 홍문종이 놀라서 되묻듯 말했다.

"금액이 저렇게 많은 건 나도 의외지만 아마 할당된 외화벌이를 모아 놓은 걸 거다. 금괴는 필시 '충성자금'일 테고."

"으아…… 설마하니 그 자식들이 지들 목숨 줄이나 마찬가지인 자금을 그냥 내줬을 리는 없을 테고…… 그렇다고 슬쩍해 오기에는 만만치 않았을 텐데요."

"당연하지. 근데 Z 님이 그 자식들까지 단번에……."

뤄시양이 손날을 만들어 목을 긋는 시늉을 했다.

다만 뤄시양도 망명을 위해 탈북한 이민혁 대좌의 일은 말하지 않았다.

못 믿는다기보다 비밀은 아는 사람이 적을수록 안전하다는 것은 기본 중에 기본이어서다.

"……!"

사실 알면서 손을 대기는커녕 정보 하나 얻지 못하던 곳이 삼지연교역이었던지라 홍문종이 담용을 쳐다보는 표정은 쉽게 믿을 수 없다는 듯한 기색으로 범벅이 되어 있었다.

그럴 것이 중국에 파견된 북한 공작원들 중 독종이 아닌 자들은 없었기 때문이었다.

홍문종은 다년간 직접 겪어 봤기에 누구보다 잘 알고 있었다.

자연 담용을 보는 눈빛이 경외감으로 가득차기 시작했다.

홍문종의 눈길이 부담스러웠던 담용이 본론으로 돌아왔다.

"말씀을 계속해 주시지요."

"아, 예."

뤄시양이 대화를 중간에서 끊은 홍문종을 한 번 째려보고
는 입을 열었다.

"에…… 중국은 북한에 대한 숨은 의도가 있지요. 단순히
중국이 북한을 감싸느라 그런 짓을 벌이는 게 절대 아니라는
뜻이죠."

"예? 그게 무슨 말입니까?"

"뭐, 겉으로는 누가 보더라도 중국이 북한을 감싸는 것 같
지만, 문제는 중국이 그럴 의사가 전혀 없다는 것입니다."

"그 이유가 뭐죠?"

담용은 듣는 이 처음이라 귀가 솔깃해졌다.

"하하핫, 북중 관계를 자세히 살펴보면 중국의 인색함이
여실히 드러나고 있는 것만 봐도 알 수 있지요. 뭔 말이냐면
몇 년 전부터 중국은 모든 무역 거래에 대해 북한에게 외화,
즉 달러로 결제해 줄 것을 요구한다는 것이죠."

"아, 자본주의식 정상적인 거래를 요구한다는 겁니까?"

"예, 맞습니다. 경제적으로 나락으로 떨어진 북한의 능력
으로 달러 결제는 사실상 불가능한 일입니다. 무연탄 같은
대물 변제라면 또 모를까."

'헐, 달러 결제라.'

이걸 경화(hard currency) 결제라고 한다.

세계 각국의 통화 중 이에 해당하는 것으로는 2000년 현
재 미국의 달러, 독일의 마르크, 스위스의 프랑, 영국의 파운

드, 일본의 엔 등이 있다.

2002년도부터는 독일의 마르크 대신 유로화로 대체된다.

다시 말해 중국은 북한에 대해 무역 대금을 국제가격 기준으로 하고, 그동안 적용해 왔던 외화 준비가 부족한 나라에 유리한 청산 결제 방식에서 경화 결제 방식을 적용, 즉 달러 같은 국제 통용의 화폐로 전환해 직접 주고받기로 했다는 것이다.

당연히 외화가 부족한 북한이 곤경에 처할 수밖에.

'쯧쯔, 자본력이 없는 데다 생산력이 열악하고 고효율의 가치를 지닌 자원도 별로 없는 북한에 그런 능력이 있을 리가 없지.'

오죽하면 달러를 확보하기 위해 마약을 팔고 위조지폐까지 제조해 유통시키는 극단적인 선택까지 할까.

"결국 중국은 무역 대금을 현찰로 받기 위한 수단의 하나로 동강의 무기 밀거래를 암중으로 허락하고 있다는 것이죠."

"원유와 식량은요? 제가 알기로는 중국이 무상 원조를 하고 있는 걸로 아는데요?"

사실 대외적으로 그렇게 알려져 있었다.

경화 결제로 전환했다면 그건 왜 하는 건데?

물론 사람이 살아가는 데 필요한 기본적인 물품이었기에 미국이나 서방국가에서도 인도적 차원에서 묵인하고 있는 것이었지만, 그걸 실행하고 있는 이유가 뭔지 모르겠다.

"그건 맞습니다. 그런데 거기에도 중국의 숨은 의도가 있습니다."

그러면 그렇지. 경화 결제로 전환했다면 괜히 퍼 주지는 않을 것으로 여겼다.

"그게 뭐죠?"

"북한 경제의 명줄인 원유와 식량에 대해서는 원조 형식의 일방적 지원이 어느 정도는 이루어지는데요. 그 분량을 보면 북한이 꼭 필요한 원유의 3분의 2와 식량의 3분의 1 정도의 분량이 지원된다는 거죠. 이 수치는 중국이 공식적으로 발표한 것이라 조금만 관심을 가지면 누구나 알 수 있는 내용이지요."

북한이 중국에 손을 벌릴 수밖에 없을 정도의 양만 지원하고 있다는 뜻.

즉, 턱없이 모자라는 것이 아니라 숨이 깔딱깔딱 넘어가기 직전까지만 지원해 주고 있다는 말이다.

식량을 봐도 그렇다.

3분의 1 분량으로는 밥으로 먹지 못하고 다른 부식물과 섞어서 먹어야 한다는 의미다.

원유의 경우 역시 마찬가지인 것이 3분의 2라고는 하지만 정제 과정에서 중유나 가솔린으로 사용할 수 있는 추출물은 다 합해 봐야 백분율로 쳐서 고작 33퍼센트 양밖에 안 된다.

나머지는 벙커C유나 나프타, 케로신(등유 또는 경유) 등이다.

고로 턱없이 모자란다는 것.

이런 판국이니 해만 지면 깜깜한 세상이 되는 북한이다.

이는 중국이 북한을 가지고 논다고 보면 딱 맞다.

거기에 한국까지 덤으로 가지고 놀지 않는가?

"흠, 그래서요?"

"여기에 중국의 의도가 깔려 있는데, 바로 북한이 강해지는 것을 절대 원치 않는다는 거지요."

"그러다가 북한이 폭삭 주저앉기라도 하면요?"

"하핫, 찔끔찔끔 주는 이유가 바로 북한이 망해도 안 된다는 계산 때문이지요."

딱 쓰러지지 않을 만큼만 지원을 해 준다는 뜻.

만약 정말 그런 의도라면 중국은 잔인의 극치를 달리는 나라라고 할 수 있다.

그런데 뭐라고 할 수 없는 것이 그렇게 하도록 단초를 제공한 곳이 북한이라는 것이다.

차라리 지원을 끊는다면 세상 밖으로 나오는 시간이 줄어들었을지도 모를 일이었다.

이래저래 중국의 노림수는 다방면으로 발생할 경우를 대비한 게 틀림없다고 여겨졌다.

"1992년에 중국이 북한의 의사를 무시하고 우리와 국교를 맺었을 때도 전부 치밀한 구상과 계산하에서 이루진 것이라는 거죠."

"그게…… 무슨 말입니까?"

뤄시양의 말에 모르는 것투성이가 되어 버린 듯한 기분인
담용이었지만, 배울 건 배워야 해서 거리낌 없이 물었다.

"중국의 속내가 우리나라로부터는 경제적 실리를 취하고
북한으로부터는 전략적 이득을 취하겠다는 것이지요."

"아!"

한마디로 양다리를 걸치되 그 분야와 차원은 달리하겠다
는 얘기.

'헐, 영악한 놈들일세.'

담용의 두뇌가 휙휙 돌았다.

경제적 실리와 전략적 실리.

애초 태생부터 뿌리가 다른 두 이득은 논리상으로 봐도 교
환될 수 없었다.

중국은 그걸 노리고 과감하게 혈맹인 북한의 의견을 싹 무
시하고 한국과 수교한 것이라고 보면 맞다.

'그걸 우리는 착각하고 있었군.'

지금도 그렇고 미래에도 그랬다.

교환이 가능할 것이라고.

그런데 천만에 말씀이다. 교환이 되기는커녕 북한과는 관
계만 악화되어 갔다.

최근의 햇빛정책이 미래에 아무런 효과도 보지 못했다는

것만 봐도 알 수 있었다.

아니, 오히려 쭉정이도 건지지 못하고 알곡만 따먹힌 꼴이 됐다.

햇빛정책이 근본적으로 나쁜 건 아니지만 뭔가 2퍼센트 부족했다는 아쉬움을 금할 수 없다.

가까운 미래를 보더라도 북한은 애초부터 햇볕을 쪼일 생각이 전혀 없었지 않은가?

그럴 의사를 보였다면 모자란 달러를 메우기 위해 맘에도 없는 짓거리를 한 것에 불과했다는 것.

"한국과 북한이 봤을 때 얼핏 두 개가 연결될 것 같지만 절대 불가능합니다. 왜냐면 한국과 중국이 경제적으로 대단히 가까워져 엄청난 이해를 공유하더라도 그것은 경제적 차원에 한정된다는 것이죠. 반면에 북한은 전략적으로 이용할 수 있는 것 외에 아무 쓸모가 없지요."

끄덕끄덕.

담용도 충분히 이해가 갔다.

한국과 중국 간의 이득 창출 메커니즘이 중국이 북한으로부터 얻고 있는 또 다른 차원의 전략적 이득을 결코 침해할 수 없다는 얘기다.

'많은 공부가 됐군.'

뤄시양의 식견이 제법이라 여겨졌다.

그러나 이건 이쯤에서 접어두어야 했다.

"단둥시 건너편이 신의주죠?"

"예, 그 유명한 압록강철교와 연결되어 있지요."

"거기서 동강 앞바다까지는 거리가 얼마나 됩니까?"

"글쎄요, 측정해 보지 않아서 잘 모르지만 동강 앞바다는 압록강과 서해 바다가 합류되는 지점을 말하지요. 물길을 탄다고 해도 배로 1시간은 가야 할 겁니다."

말지도 가깝지도 않은 실로 애매한 거리.

"철교의 길이는 얼마나 됩니까?"

"950미터가 조금 못 되는 걸로 알고 있습니다. 그러니까 중국과 북한이 서로 각각 4백여 미터쯤에서 국경을 정하고 있다고 보면 됩니다. 강이나 해수면도 매한가지고요."

그걸 유추해서 현장에 가 보면 동강 앞바다까지의 거리를 대충 짐작할 수 있을 것으로 봤다.

'대략 1킬로미터 내외로 보면 되겠군.'

"수심은 어떻게 됩니까?"

"지금이 갈수기니까…… 압록강은 거의 말랐으니 동강 앞바다는 아마 5미터 정도? 아마 깊어야 10미터를 넘지 않을 겁니다."

결코 소홀히 넘길 수 없는 아주 중요한 정보였다.

하지만 명색이 바다인데 그렇게 간단히 여겨 소홀히 지나칠 문제는 아니었다.

"뤼시양 님, 만약에 동강 앞바다를 스노클링 장비를 이용해 간다고 전제하면 어떻게 될까요?"

"어? 스킨스쿠버 경험이 있습니까?"

"예, 특전사 시절에요."

특전사라면 훈련 과목 중 하나라 누구나 기본 정도는 가뿐하게 할 수 있는 능력이 있었다.

"아하! 특전사 출신이셨군요."

"예, 여기서 마스크와 스노클 그리고 핀을 준비할 수 있을지 모르겠군요."

"아, 스킨스쿠버들이 쓰는 장비 말이죠?"

"예."

뭐, 간단한 스노클링 장비에 불과했지만 틀린 말도 아니어서 담용이 고개를 끄덕이고는 다시 물었다.

"구하기가 어렵습니까?"

"글쎄요."

자신이 없는지 뤄시양이 홍문종을 바라보았다.

"선배님, 여기가 남부의 휴양지라면 모를까 구하기 쉽지 않을 겁니다. 더구나 그런 걸 취미로 삼는 사람도 보지 못했고 그런 걸 즐기러 오는 관광객들도 없었습니다."

"하긴 여기같이 척박한 땅에서 먹고살기에도 팍팍한데 뭔 레저를 즐기겠냐? 있다고 해 봐야 고작 고기잡이 잠수부들이 생업으로나 쓰는 머구리가 고작일 테지."

"Z 님 꼭 필요합니까?"

"예, 어떤 수를 쓰든 거래 현장까지는 접근을 해야지 뭐라도 할 것 아닙니까?"

"그렇긴 하죠. 근데 마스크와 스노클은 알겠는데, 핀은 뭡니까?"

"하핫, 오리발을 말하는 겁니다."

"아, 오리발! 오리발은 찾아보면 구할 수 있겠지만 다른 건 좀…….'"

"스노클은 몰라도 마스크는 꼭 필요합니다."

눈과 코에 바닷물이 닿는 것은 막아야 하기에 하는 말이다.

"그래도 얕다고는 해도 바다인데요. 설사 그걸 구한다고 해도 말이 좋아서 앞바다지 국경 해수면에서 이뤄지는 거래인데, 그 먼 곳을 산소통도 없이 간다는 건 불가능에 가깝습니다."

한마디로 무리란 얘기.

"그렇다고 빤히 노출될 것을 알면서 배를 타고 갈 수는 없잖습니까? 북한처럼 잠수정이 있는 것도 아니고요."

"하핫, 배라면 아마 가는 도중 포격당해 침몰해 버릴 겁니다.

"제가 다행히도 스킨스쿠버 경력이 짧지 않아 세 개의 장비만 있으면 가능할 것 같습니다만……."

자만하는 것은 아니었다. 담용 나름대로 방안이 있기에 하는 소리였다.

사실 통할지는 미지수였다. 단지 2차 각성을 한 후였기에 시험해 볼만 해서 하는 말이었다.

통하기만 한다면 추진력을 가해 주는 오리발 외에 다른 건 필요 없을지도 몰랐다.

그래도 안전이 우선이라 주문하는 것이다.

"구할 수 있는 방법이 없습니까?"

다른 건 몰라도 제대로 된 핀은 꼭 있어야 했다.

"거참…… 선양은 청계천 같은 그런 시장이 없어서요. 도깨비시장이라 해 봐야 죄다 농산물 아니면 간단한 생필품이 전부입니다. 그것도 1시간 이내에 후다닥 열렸다가 파장하지요."

"게다가 혹시라도 이상한 물건을 사고팔까 싶어 공안들의 눈이 시퍼렇지요. 그렇지만 구할 방법이 전혀 없는 건 아닙니다."

"아! 그게 뭡니까?"

홍문종이 자신이 없는 어조로 말을 이었다.

"저기…… 훔칠 수만 있다면 구하지 못할 것도 없습니다만……."

"어? 어디서 훔쳐?"

"무경 지부에서요."

"뭐? 무, 무경 지부?"

바인더북

"예, 거기에 가면 걔들이 사용하는 장비가 있을 겁니다. 여름에 해상 훈련도 하는 애들이니까요."

"인마! 거길 어떻게 쳐들어간다고 그래? 나라고 그걸 몰라서 말하지 않았겠어?"

"누가 쳐들어간대요? 잠입해서 슬쩍해 오는 거지요."

"흥, 그게 그 소리지. 그렇게 쉽다면 네 녀석이 슬쩍해 오면 되겠네."

"아놔, 다른 방법이 없어 의견을 제시한 거잖아요?"

"아, 잠시만요, 홍 형, 무경 지부가 어디에 있습니까?"

"훈난구와 랴오중구 두 군뎁니다. 뭐, 외곽으로 조금 떨어져 있어서 자동차로 가면 두 곳 모두 빨라도 1시간 이상 걸릴 겁니다."

'도보로 가기는 어려운 거리긴 하네.'

어차피 차량은 검문이 심해 도보로 갈 생각이었고 거리 측정 때문에 물은 것이다.

"어디가 가깝습니까?"

"116사단이 훈난구에 있습니다. 119사단이 주둔하고 있는 랴오중구보다 가깝지요."

"훈난구는 어떤 곳입니까?"

"아, 그건 제가 말씀드리지요."

뤄시양이 나서면서 말을 이었다.

"누르하치의 무덤이 있는 곳인데, 아직은 많이 외진 곳입니다."

발전이 전혀 없는 지역이란 말.

그건 오히려 원하던 바였다.

"누르하치라면 청나라 초대 황제가 아닙니까?"

"맞습니다. 그래서 그 지역은 보호구역이 많아 인적이 드문 곳이죠. 무엇보다 중요한 것은 116사단이 이번 공안국 폭발에 출동하지 않았다는 거지요."

잠입하기 어렵다는 말.

"뤼시양 님은 어디가 좋을 것 같습니까?"

"당연히 병력 대부분이 출동한 랴우중구의 119사단이지요."

"좋습니다. 거길 침투하는 걸로 하지요."

"에? 정말로 하시려고요?"

"꼭 필요한 장비인데 구할 방법이 없잖습니까? 설사 시중에서 구했다고 해도 사건이 터지고 난 뒤라면 그걸 구한 사람부터 수배할 것 아닙니까?"

"그건 그러네요. 바다라고 해 봐야 대부분 군사 지역인 데다 진저우라고 해도 갯벌밖에 없는 곳인데, 오리발을 구하게 되면 딱 표시가 날 수밖에 없지요."

담용의 말에 뤼시양도 동조했다.

"그리고 중요한 것 하나. 거기서 C4와 같은 강력한 폭약을 구할 수 있지 않겠습니까?"

바인더북

"맞아요, 그것보다 중요한 건 없지요. 그보다 홍, 혹시…… 폭약 같은 거 받아 온 게 있나?"

"에이, 선배님도 참. 그걸 어떻게 가져와요?"

없다는 얘기.

가져왔다고 해도 검문 때문에 어딘가에 버려 놓고 왔을 테니까.

"그럼 현지 조달을 하란 말이냐?"

"원래 준비해 오지 않는 한 임무 수행에 필요한 건 뭐든 현지 조달이 원칙이잖아요?"

"젠장."

'짜샤, 알아, 안다고. 하지만 무슨 냄비 쪼가리를 구하는 것도 아니고 폭약을 현지 조달하라니 말이 돼? 그것도 공산국가에서? 구하다 죽으라는 얘기지, 씨발.'

표정이 일그러진 뤼시양이 담용을 쳐다보았다.

"보다시피…… 어쩌겠습니까? 잠입할 수 있다면 그것도 구해야겠는데요."

"그러죠, 뭐."

담용의 대답은 거리낌 하나 없이 시원시원했다.

'헐. 뭐야, 이 친구?'

조금 전부터 느낀 것이지만 말 한마디 한마디 할 때마다 도무지 어려울 게 없다는 듯한 말투고 표정이다.

내색은 하지 않았지만 내심은 의문부호로 가득한 뤼시양

이었다.

뭐, 삼지연교역에서 자금을 강탈해 온 것은 인정한다. 본부로부터도 유능한 요원이란 말은 들었다.

하지만 동강 앞바다의 일은 그 차원이 달라 저리 쉽게 대답해도 되나 싶은 심정이었다.

'참나, 허풍이야? 뭐야?'

그러나 뇌를 거치지 않은 주둥이질은 아닌 것 같아 보여 그나마 다행으로 여겨졌다.

하여간 간이 배 밖으로 나왔든지 아니라도 겁대가리를 상실한 건 틀림없을 것이다.

뭐, 어쩌랴?

저렇게 임무 수행에 열성적인데 도와주지는 못할망정 고춧가루를 뿌리면 안 되지 않겠는가.

'씨발, 그래, 결과야 어떻든 갈 데까지 가 보자고. 그래도 중국에 대해서는 내가 베테랑인데 조언은 해 줘야지.'

"Z 님, 우리 중에 누구도 119사단을 가 본 사람이 없습니다. 뭐, 시도하지 않은 건 아니지만 근처도 못 가고 물러나야 했지요."

"감시가 심하단 말로 들립니다."

"맞습니다. 부대 밖에까지 어슬렁거리며 경계를 하고 있는 통에 접근할 수가 없었지요. 그래서 원하시는 정보를 제공할 수가 없습니다. 정 시도하시겠다면 필히 사전 답사를 해서 작전을 짜시기를 권합니다. 도움이 필요하시다면 저희가 적극적으로 도와 드리겠습니다."

"저도 그렇게 하시길 원합니다."

"저 역시 그렇게 하는 것이 기본이란 생각입니다."

"하핫, 잘 생각하셨습니다. 자 자, 그건 그렇게 하기로 하고 다음 안건으로……."

"아! 선배님, 잠시만요."

"또 뭐야? 이러다가 이 건 하나로 시간 다 가 버리겠다. 한꺼번에 말해!"

"옙! 무기밀 거래 현장에 CIA가 끼어들지도 모른다고 했습니다."

"뭐라? 랭리 놈들이 거길 왜 끼어들어?"

"딱 봐도 감이 오잖아요?"

"그래, 우릴 못 믿어서겠지. 그럴 거면 정보는 왜 주는 건데?"

'쳇! 그걸 내가 어떻게 알아?'

"아무튼 참고하시라고요."

그렇게 말하면서 담용을 슬쩍 쳐다보는 홍문종이다.

"그러죠."

"자, 알았다니 다음 안건으로 넘어가자고. 에또…… 홍, 뭐였지?"

"허교익 박사 구출 건요."

"아, 그래. 근데 이건 우리도 정보를 받은 거다."

"에? 어디서요?"

"어디긴 랭리 놈들에게 받은 거지."

"아, 그럼 잘됐네요. 계획은 섰고요?"

"마! 계획은 무슨, 밀지를 받자마자 네가 온 거야."

"그럼 다시 한 번 말할게요. 성명은 허교익, 나이 63세, 길림대학 사학과 교수이자 박삽니다. 내용은 중국의 역사 왜곡 프로젝트, 일명 동북공정에 대한 기밀 입수로 인해 현재 쫓기고 있음. 물론 가족들도 같은 상황이고요. 현재 거주지는 알 수 없고……."

"알아."

"예?"

"허 박사 거주지를 안다고."

"어, 어딥니까?"

"직접 아는 건 아니고 랭리 놈들이 조치해 놨다고 하니 알려고 들면 금방 찾을 수 있겠지. 넌 그 정도만 알고 있어. 작전에 참여할 것도 아니잖아?"

"뭐, 그러시다면야……."

"다음은 뭐…… 허교익 박사 구출과 동시에 입국시키는 거지?"

"예, 또 하나는 중국의 역사 왜곡 프로젝트를 발의한 중국 사회과학원의 원장 왕민중 박사와 관계자들을 제거하는 일입니다."

"알았어. 제길, 현장의 상황이 열악한 걸 알면서도 무지 어려운 임무만 줄줄이 가져왔군. 볼일 다 봤으면 이제 가 봐."

"그러죠. 그리고 이거…… 필요할지는 모르겠지만 전해 주라 했으니 드리긴 해야지요."

홍문종이 봉투 하나를 탁자에 올려놨다.

"뭐지?"

"돈입니다."

"엉? 돈?"

"회사에서도 여기 자금이 없다는 걸 알고 보낸 겁니다."

"헐, 조금 전까지 자금이 없어 골골거리던 처지에 갑자기 돈벼락을 맞게 되다니, 거참."

"그럼 전 이만 가 보겠습니다. 꾸물대다가 무경들이 쫙 깔리면 오지도 가지도 못할 것 같으니까요."

담용이 무경 지부에 잠입하는 걸 두고 하는 말이었다.

실패하거나 붙잡히기라도 하면 사면초가가 될 수 있었다.

"이거 진짜 저 주는 거죠?"

홍문종이 골드바를 흔들며 긴가민가했다.

"어, 여기까지 오느라 수고했으니 수고비로 생각하고 가져가."

"우히히힛, 감사합니다! 그럼."

꾸벅 인사를 한 홍문종이 뤄시양의 마음이 변할세라 휙 돌아서 나가려다가 출입문에 '쿵' 하고 부딪쳤다.

'악!' 하고 새된 비명을 지른 홍문종이 이마를 감싸며 주저앉았다.

척 봐도 무지 아플 것 같다는 생각이 드는 장면이었다.

"쯧쯔쯔, 발정 난 개처럼 뛰쳐나갈 때 알아봤다."

"쿡!"

"키키킥."

"으으으…… 우쒸. 선배님은 말을 해도…….."

뤄시양이 한 소리 더 하려는 찰나, 탁자 위에 올려 둔 뤄시양의 휴대폰이 몸부림을 쳐 댔다.

우우웅. 우우우웅.

"드디어 왔군."

뤄시양의 말에 시간을 확인해 보니 어느새 밤 10시가 넘어가고 있었다.

족제비 사냥 I

선양의 북시北市 2가에 있는 한 식당.

식당 벽마다 야채가 수북이 담긴 접시에 삼겹살 비슷한 먹음직한 고기가 가지런히 담겨 있는 사진이 특색인 식당은 다름 아닌 쌈밥집이었다.

그곳에서 최근에 일어난 빠오주점의 일로 인해 스트레스가 있는 대로 쌓인 존슨이 두 젊은이를 앞에 두고 늦은 저녁 식사를 하고 있는 중이다.

두 젊은이는 백인과 갈색 피부를 지닌 사내들로, 다른 누구도 아닌 머셔와 위버였다.

세인트상사의 선양 지사장이자 CIA의 선양 지부장인 존슨은 동북(둥베이) 3성, 즉 흑룡강성(헤이룽강성)과 길림성(지린성)

그리고 요녕성(랴오닝 성)을 총괄하는 장長이라 할 수 있었다.

다시 말하면 선양이 중국 최북단에 위치한 3개 성의 성도 중 가장 중심지였던 덕에 CIA 요원들을 총괄하는 책임을 맡고 있는 것이다.

우걱우걱. 우룩. 후루룩.

음식을 먹는 소리 외에는 서로 말 한마디 없이 묵묵히 식사만 하던 존슨은 가져다 놓은 쌈이 간당간당할 즈음 멀건 탕으로 입가심을 한 후, 젓가락을 놓았다.

이어 냅킨으로 입가를 쓱 문지른 후, 머셔와 위버가 역시 식사를 마치는 것을 보고는 입을 열었다.

"왜, 더 먹지 그러나?"

"아닙니다. 든든히 먹었습니다."

"아닌데? 위버, 배가 다 찼나?"

"히! 그, 그게…….."

식사량이 적지 않은 위버의 배가 부를 리가 없다.

머셔가 젓가락을 놓으니 덩달아 놨을 뿐이었다.

"괜찮으니까 체면 차리지 말고 더 먹어."

"힛! 그래도 돼요?"

위버의 안색이 활짝 펴졌다.

"녀석. 머셔, 더 주문해 줘."

"옙!"

머셔가 군기가 꽉 잡힌 신병처럼 벌떡 일어나더니 종업원이 있는 곳으로 향했다.

존슨이 하늘같이 높은 신분이기도 했지만 그 자신이 자식뻘밖에 안 되는 나이였기에 조심스러워서 동작도 빠릿빠릿했다.

잠시 후, 주문을 받은 종업원 두 명이 고기와 야채를 아예 산더미처럼 쌓아서 가져와 세팅을 해 놓고는 돌아갔다.

위버의 두툼한 입이 쭉 째진 건 당연했다.

"눈치 보지 말고 먹어. 그래야 힘을 쓰지."

"옙! 감사합니다!"

위버는 그때부터 마치 열흘 굶은 거지처럼 고기를 폭풍 흡입하기 시작했다.

'헐. 듣기는 했지만…….'

그런데 흘려듣다 보니 무신경했다. 저 정도일 줄은 몰랐다.

아예 쏟아 넣는다고 해도 이상하지 않은 위버의 모습에 존슨의 입이 떡 벌어졌다.

저렇게 먹성이 좋은 녀석이 그동안 먹고 싶어 어떻게 참았는지 신기할 정도였다.

"위버는 이상하게도 먹지 않으면 힘을 통 쓰지 못하거든요."

머셔가 위버를 위해 변명을 해 주었다.

"그…… 힘도 그런가?"

초능력을 말함이다.

"예, 위버는 먹는 양에 따라 능력의 질도 달라지는 기이한 체질이지요."

"헐, 벌써 다 먹어 가는군."

"또 가져올 겁니다. 저걸로는 어림도 없어서요."

"허헛."

기가 차다 보니 웃음밖에 나오지 않는 존슨이다.

"음식값이 장난이 아니겠군그래."

"출장비 중 대부분이 위버의 음식값으로 나가긴 합니다, 하핫."

"그렇겠군."

머리를 끄덕인 존슨이 머셔를 직시했다.

"보아하니 자네만 내용을 알고 있으면 될 것 같은데…… 그런가?

"예, 하실 말씀이 있으시면 제게 말하시면 됩니다."

"그러지. 브리트 요원에게서 대충 설명은 들었겠지?"

"예, 말씀하신 건 정확하게 기억하고 있습니다."

"일이 조금 까다로울 거야."

"충분히 해낼 수 있습니다. 너무 염려하지 마십시오."

"알아. 그래서 자네 둘을 보내는 거야. 다만 두 가지만은 내가 직접 알려 줘야 해서 이 자리를 만든 거지."

"……?"

"첫 번째는 코리아가 끼어들지도 모른다는 거야."

가능성이 희박하긴 했지만 반드시 알려 줘야 해서 하는 말이었다.

"사우스 코리아 말입니까?"

"그래, 우리가 알려 줬지."

뭐, 의도적으로 멀리 돌아서 알 수 있도록 국정원이 아닌 청와대를 통해 알린 것이긴 했지만 말이다.

그렇게라도 알려 준 데는 이유가 있었다.

만약 지금 알려 주지 않았을 경우 추후 알게 되었을 때, 외교 라인을 통해 불만을 토할 것이 빤해서였다.

크게 신경 쓸 일은 아니더라도 그런 것들이 하나둘 모이게 되면 정작 필요한 일이 발생했을 때, 한국에 요구하기가 쉽지 않아서다.

그런 이유로 여태껏 그래 왔듯이 정보의 사안에 따라 최대한 늦추거나 아니면 신속히 제공하는 것이다.

자국의 이익에 따라 움직인다는 뜻.

이번 경우는 가능하면 동강 앞바다의 일에 신경을 쓰지 말란 말과 같았다.

"이유가 뭔지 아나?"

"음…… 혹시 시선을 끌어 주는 미끼 역할을 맡긴 건지요?"

'훗, 그럴 수도 있겠지.'

내심은 그게 아니었지만 머셔의 기를 살려 줄 필요가 있었던 존슨은 엄지를 추켜세웠다.

"빙고. 똑똑하군."

"별말씀을요. 조금만 생각해 봐도 알 수 있는 거였습니다."

"불쌍한 나라지만 어쩔 수 없다. 그들의 희생보다 우리의 목적인 노스 코리아가 핵을 가지지 못하게 하는 게 우선이니까."

대의를 위해 소수의 희생은 어쩔 수 없는 일이라는 뜻이었지만 속내는 달랐다.

"미끼는 어차피 죽을 수밖에 없지요."

'물론 끼어든다면 그렇겠지.'

존슨의 개인적인 생각은 끼어들 확률이 조금 더 많다는 데 무게를 두고 있었다.

이를테면 확률이 51퍼센트 정도?

작전에 임하는 머셔에게 그렇게 말해 주는 것은 만에 하나 끼어들 경우를 생각해서였다.

작전을 깔끔하게 끝내려면 어쩔 수 없는 일이었다.

정보기관의 추문이야 그것이 국가 간의 일이든 파벌 간의 일이든 어제오늘의 얘기가 아닌 것을.

"그래서 불쌍한 나라라고 한 거다. 강대국에 둘러싸인 처지도 그렇지만 제대로 된 지도자를 못 만나 국민들을 더 힘든 나라이기도 하지. 하지만 국정원 요원 개개인의 재주는 우리도 인정할 정도로 대단하지. 특히 언제든 목숨을 초개같이 내던지는 감투정신은 우리 요원들이 배워야 할 점이야."

"참고하겠습니다."

머셔는 그들이 미끼로 목숨을 잃는 것에 연연하지 않을 것이란 뜻으로 알아들었다.

존슨은 존슨대로 양심의 가책은 없었다.

그럴 것이 혹시라도 동강 앞바다의 일에 끼어들까 저어해 중국 사회과학원의 왕민중 원장의 주도하에 은밀히 계획하고 있던 동북공정에 대한 음모를 알아낸 허교익 박사를 한국으로 이송해 줄 것을 내비쳤기 때문이었다.

즉, 올지 안 올지 자신도 모른다는 뜻.

"뭐, 만약 조우하게 되면 가능한 피하되 어쩔 수 없다고 여겨질 때는 과감히 처치해 버려."

임무 수행을 위해서 방해물은 가차 없이 처단하라는 얘기.

"알겠습니다."

"두 번째는 단둥시에 파견된 웡이란 요원이 안내를 할 거란 걸 알아 둬."

"웡요? 중국인입니까?"

"중국계 미국인이지. 이민 3세대라서 중국이란 나라를 잘 모르는 친구지. 이름은 달린이다."

풀네임이 '달린 웡'이란 얘기다.

"버그bug로군요."

버그는 적진에 심어 놓은 정보원 혹은 첩자를 말했다.

절레절레.

"노오! 정예 요원이다."

"아!"

"믿고 따라도 돼."

"거기서 뭘 하고 있습니까?"

"포워더fowarder일세."

"아! 그러고 보니 단둥이 항구도시로군요."

"그래서 가장 적합한 직업이기도 하지. 규모는 형편없이 작지만 말이다, 허허헛."

포워더란 우리나라로 따지면 택배 회사라고 보면 된다.

즉 물품을 수출하려면 배나 비행기를 이용해야 하는데, 택배처럼 작은 물건이 왔다 갔다 하는 게 아니기 때문에 포워더가 그 일을 대신해 처리해 준다.

다시 말하면 선박이나 비행기가 날이면 날마다 출발하는 게 아니기에 언제 출발하는지, 물건을 실을 수 있는 공간이 있는지, 또 비용은 얼마인지를 알려 주는 등 물품 배송을 전문으로 맡아 처리해 주는 사람인 것이다.

'헐, 대단하네.'

과연 CIA다 싶었다.

"그린 배저Green Badgr입니까?"

그린 배저는 CIA와 계약을 맺고 활동하는 청부인을 뜻했다.

"정식 요원이다."

"언제부터 거기서 일한 겁니까?"

"신뢰를 받을 만큼의 세월이 흘렀지. 노스 코리아가 코앞에 있어서 말이야."

"접선은 어디서……."

"브리트 요원이 자네를 데리고 가면 곧바로 만날 수 있어."

그냥 따라만 가면 된다는 뜻.

"아울러 자네들이 투입되고 해상 국경에 도착할 때까지 바다에서 약간의 소란을 일으켜 밀수업자들의 눈과 귀를 다른 곳으로 돌릴 것이다. 하지만 길게는 하지 못해. 중국의 해상 안전국도 만반의 태세를 갖추고 있을 테니 말이다. 그러니 너희 둘은 그런 것에 신경 쓰지 말고 오로지 밀수선을 폭파시키는 데만 전력해."

"옙! 기필코 성공해 보이겠습니다."

머셔가 비장한 결의를 내비쳤다.

"더 필요한 준비물은 없나?"

"무기나 수중 장비 그리고 스킨스쿠버 장비까지 꼼꼼하게 준비해 놨습니다."

"폭약은?"

"성형이 가능한 C4로 택했습니다."

"반죽 형태가 간편하고 좋긴 하지. 물에도 강하니 바다에서는 그만한 폭약도 없어. 그렇지만 너무 주무르지는 말아, 성능이 약해지니까."

C4 폭약의 장점이야 폭발력이 크고 주무르면 주무를수록 반죽이 물렁해져 폭발 지점 그 어느 곳이든 부착이 가능하다는 것이다. 다만 한 가지, 반죽이 물렁해질수록 폭발 성능이 현저히 약화된다는 것이 단점이었다.

"지난 3일 동안 교육을 받아서 잘 알고 있습니다. 물질하는 것도 제법 익숙해졌고요."

그랬다.

이번 작전을 위해 지난 3일 동안 집중적으로 수영 외에도 여러 방면에 관한 것들을 배웠었다.

"그래, 그래도 바다는 거친 곳이니 매사에 주의하도록."

"옛! 한데 거기서 가져올 것은 없습니까?"

"없어. 가져와 봐야 고물밖에 안 되는 물건들뿐이야. 뭐, 노스 코리아에서는 입장이 다르겠지만. 아무튼 너희 두 사람은 선박이고 뭐고 깡그리 없애 버리고 돌아오기만 하면 돼."

"알겠습니다. 저…… 지부장님."

"그래, 궁금한 것이 말해 봐."

"저희 임무에 대해……."

사실 머셔와 위버의 임무는 따로 있었다.

다름 아닌 포스[氣]를 사용하는 자들을 추적해 코리아에서 일어난 일련의 일들에 대해 단서를 찾아내는 일이었다.

일연의 일들이란 파이낸싱스타의 지부장이었던 체프먼과 그 일행의 의문의 죽음. 그리고 동료였던 스캇과 케이힐의 실종을 말했다.

지금 플루토 본부는 실종된 동료들을 사망한 것으로 여겨 비상사태에 직면해 있었다.

고로 사이코메트리 수법을 이용해 선양까지 추적한 상황에서 플루토 본부에서 CIA 선양 지부장인 존슨의 도움이 필수적이라 협조를 요청했던 것이다.

한데 존슨은 기브 앤 테이크란 명목을 앞세워 역으로 동강 앞바다의 일을 도와주길 원해서 머셔와 위버가 어쩔 수 없이 참여하게 된 것이었다.

당연히 존슨이 플루토 본부의 허락을 받고 행하는 일이어서 거절할 수도 없었다.

"아, 아, 당연히 잊지 않고 있어."

"정보가 있습니까?"

"버그들을 총동원해 수소문해 본 결과, 이곳 선양에는 포스의 경지에 이른 자들이 없다더군."

"예? 제가 분명히 추적해 왔는데요?"

"알아. 하지만 자네가 상처를 치료하는 사이 떠났을 수도 있지 않은가?"

"……?"

"하지만 걱정 말아. 그런 자들은 주로 북경에 머물고 있다고 하니 말이다."

존슨의 말에 머셔의 눈이 반짝거렸다.

"북경이라니요? 거기가 어딥니까?"

"중국의 수도야. 여기서는 조금 멀지."

"멀어도 상관없습니다. 정보만 확실하다면요."

"정보는 확실해. 자네 상관에게도 이미 보고를 해 뒀으니까."

"중국 정부에서 관리하는 자들입니까?"

절레절레.

"트라이앵글이라는 갱 조직의 암살대에 속한 자들이라더군."

"예에? 그런 능력자들을 일개 갱들이 부리고 있단 말입니까?"

"알아보니 역사적으로 오래도록 존재해 온 조직이라더군. 물론 중국 정부와도 일부 관련되어 있지. 당연한 것 아닌가?"

끄덕끄덕.

"하긴……."

머셔는 그자들을 미국처럼 관리하고 있는 것으로 알았다.

표면적으로 내세우기보다 별동 조직을 만들어 암암리에

운영하는 식이다.

"자 자, 그 얘긴 이쯤에서 끝내지. 다녀오면 내 자세히 말해 줄 테니까."

"꼭입니다."

"그렇다니까. 근데 저 친구는 아직도 먹고 있군."

"바쁘실 텐데 먼저 가십시오. 시간 안에 약속 장소로 가겠습니다."

절레절레.

"아니, 둘만 다니는 건 위험해서 안 돼."

"지금은 검문이 조금 뜸해진 것 같은데요?"

"천만에. 공안이 작전을 바꾼 것일 뿐이야."

"예?"

"너무 조이면 사람들이 몸을 사리고 잘 나다니질 않아. 이때 조금 풀어 주면 어떻게 될까?"

"잘 해결된 줄 알고 많이 나다니겠지요."

"바로 그거야. 범인도 그 때문에 방심하기 쉽지. 공안은 그걸 노리는 거야."

"아!"

"아마 여기도 감시 중일걸."

"에?"

퍼뜩 놀란 머셔가 두리번거리려 하자 존슨이 얼른 말했다.

"그대로 있어. 능력도 드러내지 말고."

존슨의 말에 초능력을 발휘해 살펴보려던 머셔가 재빨리 본래의 모습을 회복했다.

　　"아, 예."

　　"그래 봐야 나를 건드릴 수는 없어. 안심해도 돼."

　　"혹시……?"

　　"아니, 저들은 정확한 내 신분은 몰라. 다만 지역에 기부를 많이 하는 회사의 지사장으로만 알고 있지."

　　사람이 사는 곳이라면 지역에 많은 돈을 기부하는 유지를 함부로 다루지 않는다.

　　오히려 대우를 해 준다.

　　중국에서도 기부란 전가의 보도로 통하기는 마찬가지였다. 빈곤한 사람들이 워낙 많았던 탓에 혜택을 골고루 나누는 것이 어렵기 때문이었다.

　　"아 아, 그래서 함부로 건드리지 못하는군요."

　　"뭐, 그렇지. 그 외에도 몇 가지 있지만 자넨 몰라도 돼."

　　"후훗, 저는 제 역할만 충실히 하면 됩니다."

　　"그거 멋진 말이군."

　　달그락. 탁.

　　"으아! 정말 잘 먹었다."

　　두 사람이 대화를 나누는 동안 종업원이 연방 날라다 준 고기를 다 먹어 치운 위버가 지극히 만족한 웃음을 띠고는 표가 나도록 불룩해진 배를 두드렸다.

바인더북

퉁퉁퉁.

"어때, 듣기 좋지?"

"그래, 북소리가 청명하니 듣기 좋네, 하하핫."

"히히힛, 지사장님, 고맙습니다."

"허허헛, 그래. 출장 갔다가 오면 또 사 주도록 하지."

"헉! 정말입니까?"

"그럼."

"헤헤헷."

톄시 구에 위치한 북한 무역대표부의 5층 집무실.

가장 먼저 눈에 띈 것은 정면 벽의 인공기였고, 그 아래 이
빨을 드러내고 환희 웃고 있는 김일성과 김정일 부자의 초상
화가 나란히 걸려 있는 모습이었다.

다음은 마호가니 책상 뒤로 키가 땅딸막하면서 너부데데
한 얼굴의 중년 사내가 허리에 손을 짚은 채 씩씩대고 있는
모습이다.

광대뼈가 툭 튀어나와 언뜻 보기에도 인상이 사나운 중년
사내의 표정은 금방이라도 입에서 화통 같은 고함이 터져 나
와도 이상하지 않을 만큼 붉으락푸르락했다.

40대 중반의 나이가 되었을까 싶은 중년의 사내는 바로 동

북 3성에 파견되어 있는 외화벌이 총책임자인 조상구 대좌였다.

조상구 앞에 턱을 세운 채 부동자세로 꼿꼿이 서 있는 두 명의 사내.

안색은 창백하기 그지없는 데다 미세하게 몸을 떨고 있는 것으로 보아 실내의 분위기는 건드리는 순간 '퍽석' 소리를 내며 산산이 부서지는 살얼음판 같았다.

하지만 당장이라도 고성이 튀어나올 것 같았던 중년의 사내는 극고의 인내로 참고 있는지 한동안 말이 없었다.

그런데 시선이 자주 출입문으로 향하는 것으로 보아 아마도 누군가를 기다리고 있는 듯했다.

그렇게 지옥과도 같은 침묵이 흐르고 있을 때, 마침내 정적을 깨는 소리가 들려왔다.

똑똑똑.

"들어와!"

누르고 눌러 참았던 고성이 터져 나왔다.

움찔.

호통 같은 목소리에 미동도 없이 서 있는 두 사내가 순간 부르르 떨었다.

"총군관 동지! 다녀왔습네다!"

"기래, 어드렇게 되었어?"

"금고를 열었지만 텅 비어 있었습네다."

"뭐이 어드레? 텅 비어!"

"기렇습네다."

"금괴는?"

"마찬가집네다. 누군가 싹 쓸어 간 거 같았습네다."

"하! 이기…… 이기. 지금 말이 되는 거이야? 위대한 김정일 수령께 바칠 할당 자금을 도둑맞어? 으잉, 으잉, 샅샅이 찾아본 기야?"

"옛! 금고뿐만 아니라 건물 전체를 이 잡듯이 찾아봤지만 없었습네다."

"단서는? 단서는 찾았네?"

"그것도……. 죄송합네다."

"사람이 한 짓이라면 흔적이 남아 있을 것 아니네?"

"그, 그기…… 너무 감쪽같아서리…….."

쾅-!

"이 간나래, 지금 무신 소릴 하는 거네? 금고는 그대로 있다고 하지 않았네?"

"기, 기렇습네다!"

"긴데 와 흔적이 없네?"

"아, 아마…… 김민철 동무가 고문을 못 이기고 열어 준 것 같습네다!"

"호오! 고래서 김민철이 송환당할까 봐서 스스로 자살했단 말이네?"

담용이 목을 쳐 죽인 뒤 5층에서 던져 버린 김민철을 두고 하는 말이었다.

"그건…… 잘 모르겠습네다."

"끄응."

이제 시뻘겋던 조상구의 얼굴은 썩은 돼지 간 빛깔로 변했다.

이를 숨기기라도 하려는지, 아니면 치솟아 오르는 혈압을 가라앉히려는지 목울대가 보이도록 시선을 천장에 박고는 눈을 감았다.

'빌어먹을…….'

보통 큰일이 아니었다.

만에 하나 이대로 할당된 자금을 제 날짜에 맞추지 못한다면?

생각도 하기 싫을 정도로 끔찍했다.

교화소나 수용소 정도가 아니라 심하면 평생 강제노동형에 처해질 수도 있었다.

그것도 조상구 혼자가 아닌 연좌제에 의해 딸린 식구들이 줄줄이 처벌받을 것이 빤했다.

이 모두 충성 미달로 인한 죄였다.

'어떻게 여기까지 올라왔는데…….'

여기서 주저앉을 수는 없었다.

'아, 그래, 마약!'

싸구려로 내놓은 금액을 조금 더 올려 받고 자신이 은닉해 놓은 비자금 일부를 채워 넣는다면 할당량은 확보할 수 있을 것으로 봤다.

숙청당할 빌미를 막는 것은 물론, 동북 3성 무역대표부 총군관이란 직책은 절대 놓칠 수는 없는 자리였다.

"마약은 어찌 되었네?"

그 한마디에 목을 꼿꼿하게 세워 보고하던 사내의 고개가 폭 숙여졌다.

태도만 봐도 마약까지 없어졌다는 걸 알 수 있었다.

이것으로 자신의 비자금을 몽땅 털어서 채워 넣게 됐다.

이제는 더 참을 수 없을 지경이 된 조상구의 다음 행동은 쉽게 짐작이 됐다.

쾅!

"이 간나래, 무조건 없다고 죄송하다면 다네? 전부 15호 관리소에 처박히고 싶은 거이야, 뭐이야?"

부르르르.

15호 관리소란 말이 나오자 부동자세로 서 있던 두 사내와 보고하던 사내가 한차례 심하게 떨었다.

그도 그럴 것이 15호 관리소란 함경남도 요덕군에 위치한 북한의 정치범 수용소였기 때문이다.

정식 명칭은 15호 관리소다.

대표적인 정치범 수용소로 그 규모가 큰 것은 물론 한번 들어가면 죽어야 나올 수 있다는 완전 통제구역인데, 지옥이 있다면 바로 그곳이라고 불리는 수용소였다.

자연 공포에 질릴 수밖에.

"당장 찾아내지 못하면 본관이 처벌받기 전에 네놈들부터 싸그리 죽여 버리고 말 테다!"

말이 끝나는 순간, 조상구가 재떨이를 집어 던졌다.

퍽! 파삭!

"당장 찾으라우! 지옥에 가서라도 찾아오라우!"

"아, 알갓습네다!"

"나가! 당장 나가라우!"

"아, 알갓습네다!"

후다다다닥.

"이관철이!"

"옙! 충군관 동지."

"이민혁이는 어케 됐네?"

"지금 동지들이 찾고 있는 중입네다."

"그 간나래 남조선으로 넘어가면 어캐 되는지 알지?"

사실 이 문제야말로 할당 자금 분실보다 더 큰 사태라고 할 수 있어서 조상구로서는 무슨 일이 있어도 해결해야 하는 입장이었다.

"아, 압네다. 잘 알고 있습네다."

조상구 대좌는 물론 고위 간부급들까지 줄줄이 모가지가

떨어지는 것은 당연했고, 가장 가벼운 처벌이 강제 노동 감옥과 혁명교화소행임을 어찌 모른단 말인가?

게다가 지난 세 달에 걸쳐 모은 외화벌이 돈인 할당 자금까지 몽땅 없어진 지금, 당장 숙청이 돼도 할 말이 없는 실정이 아닌가?

심하면 럭비공처럼 어디로 튈지 모르는 김정일의 성향이라면 즉결 처분, 즉 사형까지 당할 수 있었다.

이런 판국이니 조상구가 길길이 날뛰는 건 당연한 일이었다.

아마 지금의 심정은 접시 물에 코를 처박고라도 죽고 싶을 지경일 것이다.

"무조건 찾아, 이유가 없어!"

"기어코 찾아내겠습네다, 총군관 동지."

"기래, 당연히 기래야 돼. 글고 상철이는 연락됐네?"

"연락이 안 됩네다. 그 동무래 원래 잠적하면 연락이 올 때까지 기다려야 해서리……. 맡은 과업을 마칠 때까정은 그 일만 열성적으로 해내는 동무입네다. 여태 쭈욱 그래 왔습네다, 총관 동지."

대답은 했지만 이관철은 속으로 조상구에게 '두상태기 새끼, 다 알면서 새삼 왜 찾는 거이야?'라고 욕설을 해 대며 구시렁거렸다.

"배짱이 놈의 새끼, 이 바쁜 판국에 오델 싸돌아다니는 거이야! 그놈도 빨리 찾아! 알간?"

"옙! 그, 그치만 총관 동지."

"뭐이가, 할 말 있네?"

"고거이 말입네다. 공안과 무경 들이 우리까지 검문을 해대는 바람에 고조 일하기가 어렵습네다."

"뭐이야? 걔들이 우릴 검문해?"

"기렇습네다. 지금도 잡혀 있는 아들이 많습네다."

"이런 거지 같은 간나들을 봤나. 이유가 뭐라네?"

"신분증을 소지하고 있지 않다는 이유입네다."

"신분증이 왜 없네?"

"고거이 비상 때문에 급히 나가느라 삼지연교역에 두고 나가다 보이 기렇게…… 됐습네다."

"이런 쌍넘의 간나래! 기럼 빨리 찾아서 갖다 주지 뭐 하고 있네?"

"고거이 말입네다. 사무실에 있던 서류들이 몽땅 사라져버렸단 말입네다."

"뭐, 뭐이야? 몽땅 사라져!"

"기렇……습네다."

"어이쿠!"

털썩.

목덜미를 부여잡은 조상구가 쓰러지듯 의자에 주저앉았다.

하지만 한가하게 주저앉아 있을 수만은 없었던 조상구가 다시 벌떡 일어섰다.

"신분증은 기렇다 치고 다른 서류들은 어캐 됐네?"

"고것이 신분증이고 뭐이고 몽땅 사라졌더란 말입네다."

"끙."

턱!

두 손으로 책상을 짚고 고개를 숙인 채 잠시 치솟는 혈압을 진정시킨 조상구가 말했다.

"잡혀 있는 아들은 본관이 조치할 터이니끼니니 귀관은 남은 아들을 있는 대로 동원해서 이민혁부터 찾으라우. 돈과 서류는 나중 문제야. 알아듣간!"

척!

"알갔습네다."

"놈은 멀리 못 갔어! 병원이란 병원은 다 뒤지라우! 뒷거래하는 곳도 철저히 수소문해서 발칵 뒤집어서라도 찾아내라우."

"알갔습네다."

"뭐 하고 있네? 빨랑 움직이라우야!"

"옙!"

척. 후다닥.

텅!

이관철이 엉덩이에 불붙은 듯 부리나케 내빼며 사라지자

조상구의 시선이 두 사내에게로 향했다.

"고강철이!"

"옙! 총군관 동지."

"동강 앞바다의 일은 이민혁을 찾아 체포해 오는 것보다 더 중요하다."

"잘 알고 있습네다."

"공안청과 무경 지부와는 말을 맞춰 놨으니끼니 반드시 맡은 과업을 완수시켜야 한단 말이다."

"예!"

"물품은 확실히 확인한 거네?"

"그렇습네다. 이상 없었시요."

"아직 시간이 있으니끼니 문책받지 않을라문 두 번 세 번이라도 똑바로 확인하라우야. 간나들이 귀찮아하는 건 콱 무시해 버리라우."

"알갔습네다."

"기리고…… 백대상이!"

"옙! 총군관 동지!"

"고 동무랑 동행할 때 은행에 예금해 놓은 외화벌이 돈을 몽땅 찾으라우. 길고 과업을 완수하는 걸 기다렸다가 그쪽 동무들과 같이 귀국하라우."

"알갔습네다."

"돈을 단단히 챙겨야 할 거이야."

"염려 마시라요, 총군관 동지."

"하긴 동강 앞바다야 우리 안방이나 마찬가지라 별로 걱정은 안 돼야. 에또…… 길구……."

"……?"

"길구 말이지. 이곳의 일은 본관이 책임지고 반드시 해결할 터이니끼니 가게 되문 입 좀 닫았으문 좋갔어."

"총군관 동지, 염려 마시라요. 내래 입에 자물쇠를 콱 채우갔시오."

"그래, 믿갔어. 내 반드시 이민혁을 찾아내고 돈과 금괴도 꼭 되찾고 말 거이야. 그기 어떤 돈인데 잃어버린단 말이네."

"총군관 동지를 믿습네다."

"좋소. 아직 며칠 남긴 했지만 미리미리 가서 단단히 채비하고 있는 게 좋갔어. 오데 가지 말고 떠날 준비를 하고 있으라우."

"알갔습네다."

"내래 두 동지를 믿갔소."

"옙!"

우중충한 날씨만큼이나 서늘한 기운이 만연한 시각, 밤 11

시경.

밤을 잊은 네온사인의 불빛이 번쩍거리는 서탑가로 캡을 쓴 담용이 들어서고 있었다.

캡의 챙을 장난스럽게 치켜 올리며 대충 걷어낸 눈길을 걸어가는 모습은 담용을 더 어려 보이게 했다.

다분히 의도된 연출이었지만 그것이 잘 통할 듯한 한 수였다.

'확실히 뤼시양의 말대로 검문은 느슨해졌지만 요소요소에 번뜩이는 기운이 느껴지는군.'

공안과 무경 들의 암중 감시가 담용의 기감에 고스란히 잡히고 있었다.

원래는 상업 중심가라 늦은 시각이라도 수많은 행인들이 오가며 떠들썩해야 할 거리였지만, 지금은 공안국의 폭발 영향으로 검문검색이 심해져 그런 분위기가 나지 않았다.

비록 지금은 검문검색이 완화됐다고는 하지만 여파가 남아서인지 얼어붙은 분위기는 계속되고 있었다.

담용도 지금은 그 까닭이 뭔지 알고 있었다.

문득 뤼시양이 해 줬던 말이 떠올랐다.

-Z 님, 검문이 완화됐다고 해서 방심하면 절대 안 됩니다. 검문이 완화된 것이 아니라 오히려 강화됐다고 보면 틀림없습니다. 1차 검문검색은 눈에 드러나는 것이었지만 지

금은 보이지 않는 곳곳에서 감시의 눈초리가 번뜩이고 있는데, 그게 2차 검문으로 범인을 방심하게 하려는 것이지요. 붙잡혀 오는 사람도 1차 때보다 2차 때가 더 많은 것만 봐도 알 수 있지요. 거동 수상자까지 죄다 말입니다. 이런 경험이 많은 인민들은 그걸 알기에 끝까지 조심하는 겁니다. 하지만 범인이거나 혹은 외국에서 범죄를 저지르고 넘어온 타국인일 경우 그런 걸 알지 못한 채 나다니다가 체포되는 경우가 왕왕 있지요.

'후훗, 그 때문에 무척 순진한 표정을 짓느라 안면근육이 다 아플 지경이다.'

사실 키만 껑충했지 얼굴과 표정 그리고 행동 하나하나가 고등학생 그 이상도 그 이하도 아닌 순진한 학생티가 물씬 풍기는 담용이다 보니 몸에 맞지 않은 옷을 입은 것같이 거북하긴 했다.

그러다 보니 무경이나 공안이 붙잡아 검문검색을 해도 학생인 데다 등에 멘 간단한 색의 내용물도 안내 책자와 중국어 사전 그리고 먹다 남은 과자 부스러기밖에는 나오지 않았던 탓에 무사통과였다.

그럴 것이 연락 수단인 휴대폰조차 없었으니 티끌만큼도 의심할 게 없었던 것이다.

터벅터벅.

바쁠 것이 하나도 없다는 자유로운 걸음걸이.

발길 닿는 곳마다 이리 기웃 저리 기웃 하는 모습이 천하 태평인 담용의 기감에 곳곳에서 날아든 날카로운 기운들이 쏙쏙 사라지는 것이 느껴졌다.

마치 나른한 오후의 오수 속에 가둬 둔 흉험한 기운 같았다.

그럴수록 담용의 행동은 두 팔을 자꾸 휘저으며 휘적휘적 걸었다가 느릿느릿 힘없이 터벅터벅 걷는 것을 반복했다.

그런 노력 덕분이었던가?

'짜식들, 이제야 눈초리가 완전히 사라졌군.'

이방인이 본토 주민 대접을 받는 순간이었다.

'오! 보기 좋은데?'

그의 눈에 기와담장 너머로 조명 빛에 환해진 탑의 상부가 들어왔다.

'호리병 같네.'

탑의 형식이 익숙하지 않았다.

하얀 회칠을 한 탑은 호리병 밑동을 칼로 싹둑 잘라 낸 듯한 모습이었고, 그 위로는 마치 촛대 같은 모양이 솟아 있었다.

'저게 서탑이로군.'

티베트식 라마 석탑이라더니, 중국에서 쉽게 볼 수 없는 동글동글한 형식이었다.

출입문은 무거운 침묵이 내려앉은 것처럼 굳게 잠겨 있었다.

선양에는 동서남북으로 각기 탑이 있는데, 그중 서쪽에 탑이 있는 곳이라 하여 명명된 지역이 바로 이곳 서탑가였다.

특히 이곳 서탑가는 조선족 대부분이 밀집되어 사는 곳이어서 조선족 거리로 명명된 곳이기도 했다.

일명 한인타운.

당연히 조선족 아이들이 다니는 초등학교를 비롯해 병원과 은행, 시장 등의 각종 편의 시설은 말할 것도 없었고, 심지어는 조선족들이 다니는 교회까지 존재했다.

'조금 어수선하군.'

주변에 한창 공사 중인 건물이 더러 눈에 띄어서였다.

이유는 최근에 차츰 한국에서 오는 관광객이 많아지는 추세라 백화점이나 호텔 그리고 음식점 등이 들어서기 시작하고 있었기에 그랬다.

그것이 오히려 예전보다 더 활기를 띄게 하는 것 같아 보였다.

'태원가와는 많이 다르네.'

담용이 선양역에 도착해 처음 발을 디딘 곳인 태원가는 뤄시양이 남긴 쪽지가 식당 화장실에 있었기 때문에 들렀던 장소였다.

태원가가 완전한 중국풍 일색이라면 서탑가는 한글로 된

간판과 상품의 영향인지 한국풍이 물씬했다.

조금 더 걸음하자 재래시장이 나왔다.

당연히 철시, 아니 문을 닫은 상태.

한국의 재래시장과 다를 게 하나도 없었다.

'어색하지 않아서 좋다.'

그러나 이곳으로 온 목적이 있는 담용은 아쉬움을 뒤로하고 부지런히 두리번거려야 했다.

문득 뭔가 한 가지 정도는 구입을 해야 의심을 사지 않겠다는 생각이 들어 잠시 고민했다.

'그래, 옷이 적당하겠다.'

언제 어느 때에 변장할지 몰라 그런 분위기에 적합한 옷은 많을수록 유리했다.

지금의 옷차림은 청바지에 점퍼였다. 아, 캡까지 쓰고 있었다.

그러고 보니 옷 가게가 가장 흔했다.

담용은 고를 것도 없이 눈앞에 보이는 옷 가게로 향했다.

행인들이 드문드문해서 무료해하던 여주인이 반색을 하며 맞았는데, 담용은 입가에 미소만 머금은 채 자신이 입을 만한 상의와 하의 한 벌을 골라 값을 지불했다.

담용이 고른 것은 집 안에서 입고 뒹굴다가 외출도 가능한 검정색 트레이닝복이었다.

겨울용이라 두툼한 옷이어서 조그만 색이 **빵빵하도록** 불룩해졌다.

"아주머니, 만초당 약국이 어디에요?"

"가던 방향으로 가면 큰 간판이 보일 거우. 찾기 쉬우니 곧장 가다 보면 보이우."

"감사합니다."

꾸벅 인사를 하고는 걸음을 재촉했다. 꾸물거렸던 탓에 시간이 제법 흘렀던 것이다.

잠시 후, 시장을 벗어나자 큰 도로를 낀 번화가가 나왔다.

'만초당 약국이……. 어, 저기 있군.'

옷가게 아주머니 말대로 커다란 간판이라 멀리서도 금세 찾을 수 있었다.

한글과 한자를 병행해 써 놨기에 더더욱 쉽게 알아볼 수 있었다.

하지만 담용이 정작 향하는 곳은 만초당 약국이 아닌 그 옆의 골목이었다.

골목이라곤 하지만 왕복 2차선 도로에 버금가는 제법 폭이 넓은 도로였다.

바로 서탑소구로 향하는 길목으로, 주택이 밀집해 있는 지역이었다.

이쯤이면 심양 시내에서 벗어난 지역이라 그런지 건물들도 낡았고 도로도 지저분했다.

길을 따라 걸어가자 의외로 큰 아파트 단지였다.

'이쯤인 것 같은데…….'

뤄시양의 말로는 어린이 간이 놀이터가 있을 것이라고 해서 찾아봤지만 보이지 않았다.

그러다 완만한 곡선으로 꺾어지는 코너를 돌자, 찾던 것이 눈에 들어왔다.

'어, 저건가?'

때마침 눈에 보이는 건물은 도로에 면해 있는 후줄근한 상가아파트였다.

1층과 2층은 상가, 그 위로 다섯 개 층이 주택으로, 모두 7층인 건물.

군데군데 벗겨져 있는 페인트가 제법 오래된 건물이라고 말해 주고 있었다.

'맞구나.'

뤄시양의 말을 다시 한 번 상기해 보았다.

―족제비 놈이 지금 방딩아파트……. 아! 거긴 상가와 혼합된 아파트인데요. 맞은편 상가에 보이는 양꼬치집에 일행 한 명과 같이 있다고 합니다. 놈들이 거기서 머무는 이유는 방딩아파트 510호에 탈북자 세 명이 머물고 있기 때문입니다. 놈들이 결국 찾아낸 거지요. 하마터면 큰일 날 뻔했습니다. 탈북자 세 명은 서로 남남이지만 의심을 사지 않기 위해 부부와 딸 행세를 하고 있습니다. 아마 족제비 놈은 새벽이

되기를 기다려 움직일 겁니다. 항상 그래 왔으니까요.

아파트 이름조차도 지워진 낡은 아파트라 방딩아파트인지 확연하게 분간이 되지 않았다.

하지만 귀퉁이에 어린이 간이놀이터가 붙어 있는 데다 맞은편에 양꼬치집이 있는 걸로 보아 제대로 찾아온 것 같았다.

'이 자식들, 상판부터 좀 볼까?'

새벽에 움직일 거라고 했으니 아직은 시간이 있어 상대를 먼저 파악하는 것도 괜찮다 싶었다.

무엇보다 출출하기도 해서 요기 정도로 배를 채울 필요도 있었다.

'뭘 먹지?'

중국요리에 대해 아는 게 별로 없다 보니 그것조차 고민거리가 되어 우습지도 않다.

차량도 뜸해진 거리라 담용은 성큼성큼 걸어 차도를 건넜다.

먼저 놈들이 똬리를 틀고 있다는 양꼬치 가게로 향했다.

구수한 냄새가 먼저 담용의 코를 자극했다.

'냄새는 괜찮은데?'

도착하고 보니 촌스러움이 물씬한 여닫이문이다.

가게도 협소했다.

자연스럽게 들른 손님으로 보이기 위해 스스럼없이 문을 열었다.

드르륵.

처음 낯선 곳으로 여행을 온 고등학생 특유의 순진하고도 어색한 표정을 지으며 들어섰다.

"어서 오우."

식탁을 닦고 있던 할머니가 당연히 조선족인 줄로 아는지 조선족 말투로 담용을 맞았다.

탁!

문을 닫고 들어서니 손님은 딱 두 테이블. 모두 다섯 명이었다.

전부 자기들끼리 얘기하기에 바쁜 모습이라 새로 들어선 손님에게 눈길도 주지 않았다.

순식간에 실내를 훑고는 할머니를 쳐다보자 웃으며 물어왔다.

근데 윗니 하나가 빠져 있었다.

"학생이우?"

"예, 졸업반입니다."

"여기 사람이 아니구먼."

"한국에서 왔는데, 아빠가 중국인이라서요."

"오! 남조선에서? 학생이 멀리도 왔구먼."

담용이 일부러 화교임을 강조했지만, 할머니는 들은 척도

하지 않았다.

뭘 알아 달라고 한 의도는 아니었지만 번지수가 틀린 것이다.

방금 식탁을 닦았던 테이블을 다시 한 번 훔쳐 낸 할머니가 자리를 권했다.

"자, 이리로 앉어."

"감사합니다."

"여행 왔는가?"

"삼촌 댁에 방문하는 길이에요."

"삼촌이 여기 살우?"

"예, 지금 방문하면 늦은 시간에 숙모님이 음식을 차리느라 성가실 것 같아서 먹고 들어가려고요."

"호홋, 학생이 기특하구먼. 도착했다는 전화는 했노?"

"그럼요."

"뭘 주까?"

그 말에 담용이 벽에 부착된 메뉴를 쓱 훑어보고는 말했다.

"양꼬치하고 땅콩무침요."

한글로도 표기가 되어 있어 여기가 조선족 동네임이 실감났다.

그런데 맥주하고 땅콩이 궁합이 맞나?

주문하고 나서 곧 후회했지만 바꿀 마음은 일지 않았다.

찬 맥주와 함께 기름진 땅콩을 먹는다?

아마 위에 들어가면 기름이 동동 떠다니는 최악의 음식조합일 것이다.

덩달아 콩팥도 망가질 테고.

그래도 삼겹살 안주에 소주를 마시는 것보다는 덜할 테지.

이건 정말 최악이니까.

"그려, 구워 주까, 아님 직접 구워 먹을 텨?"

"구워 주세요."

"호홋, 중국인이라 이거지."

'엥? 뭔 말이에요?'

담용이 표정이 멀뚱해졌다.

기실 할머니의 말은 주인이 구워 주는 건 중국식이고 손님이 직접 구워 먹는 건 조선식이란 뜻이었지만, 담용은 알지 못했다.

"할머니, 생맥주 한 잔도 주세요."

"그려, 그려. 인자 술 한잔할 때도 되얏지."

할머니가 엽차 한 잔을 가져와 내려놓고 돌아서면서 말했다.

"시장하겠구먼, 금방 내올 테니 잠시만 기다리우."

"예."

대답을 한 담용이 신기하다는 듯 실내를 돌아보다가 찰나간에 눈이 마주쳤다가 스친 사내.

바로 담용이 찾던 족제비임을 바로 알아보았다.

스쳐 본 인상은 고약하게 생겼다는 것.

하기야 살인을 밥 먹듯 했으니 좋은 인상일 리가 없지 않은가?

그보다는 다른 생각이 들었다.

'헐, 정보가 쓸 만한걸.'

사실 뤄시양이 부리는 정보원들에 대해 약간의 의심이 있던 차였다.

휴민트에 의한 정보는 오염될 확률이 높았고, 되레 역공작에 걸릴 위험성도 있어서였다.

그런데 와서 보니 돈의 위력인지는 몰라도 정보 하나는 제대로였다.

눈 밑은 거뭇거뭇한 데다 볼이 훌쭉 파인, 차갑고도 냉혹한 인상의 사내 이상철은 고약한 인상이었지만 날렵한 체구로 보아 몸이 빠를 것으로 예상됐다.

인상착의가 삼지연교역에서 탈취한 신상명세서에 부착된 사진과 판박이였으니 놈이 족제비임은 확실했다.

단지 사진을 찍을 당시보다 조금 더 볼이 훌쭉해졌고, 겉늙어 보인다는 것일 뿐이다.

척 보기에도 지나 온 삶의 조각이 순탄치 않았음을 알 수 있었는데, 인상은 대략 서른 초반 정도의 나이로 보였다.

그게 맞는지는 잘 모르겠지만.

저런 경우는 몸은 젊은데 마음이 삭아 버린 탓일 것이다.

이상철과 마주 앉은 사내는 등만 보였기에 놈이 일부러 돌아보기 전에는 얼굴을 알 수 없었다.

이상철과 마주 앉은 사내는 파트너인 오격식이었지만 담용이 알 턱이 없었다.

그러나 저러나 얼마나 극한 훈련을 거쳤는지 단번에 표가 날 정도로 탄탄한 몸매다.

더 지독한 것은 전신에 풍기는 기운이 똘똘 뭉쳐진 독기라는 것.

저런 자들이 무기를 갖고 있지 않을 수 없다.

'어디……'

차크라를 운용해 나디 일부를 슬쩍 보내면서 동시에 일부를 전신에 퍼뜨려 먼저 후각을 열었다.

이른바 나디와 나디가 통신망처럼 연결되어 원하는 것을 얻는 수법인 텔레파시니스다.

하나는 족제비 패에게 보내고 하나는 담용의 오감을 안테나처럼 민감하게 하는 식의 일종의 네트워크 통신 채널이었다.

담용은 2차 각성 후에 나디를 다양하게 응용할 수 있다는 것을 알았는데, 그 응용의 결과물인 텔레파니시스는 담용이 즉석에서 만든 용어였다.

고로 2차 각성을 한 이후로는 탄생시키는 수법마다 새로운 개념의 초능력 수법이 된다고 보면 맞았다.

텔레파니시스 수법은 초능력에 관해 저술한 책자 그 어디에도 없는 용어이기 때문이다.

적어도 담용이 알기로는 그랬다.

텔레파니시스도 그냥 텔레파시에서 파생된 용어였다.

책에 기술된 초능력 수법의 명칭을 보면 파이로키네시스, 텔레키니시스, 히드로키니시스 등등 단어 말미에 '니시스'로 끝나는 용어가 많아서 붙인 것뿐이었다.

그러나 현재는 응용 이론에 첫발을 디딘 터라 시험 경험은 일천한 상태였다.

당연히 나디를 이용해 상대의 목숨을 앗을 수 있을지는 시험해 본 바가 없었기에 자신할 수도 없었고 감도 잡히지 않았다.

시험 대상이라면 짐승이나 사람이어야 할 텐데, 어찌 그걸 함부로 행할 수 있단 말인가?

그러나 언제든 기회가 오면 과감하게 시험할 용의가 있는 담용이었다.

어차피 사람을 죽였다.

그럴 상황이 발생한다면 민감해하기보다 무뎌질 필요가 있었다.

지금 당장 족제비와 놈의 파트너를 상대로 시험해 볼 수도 있다.

하지만 자칫 최악의 상황이 발생해 살인 사건이 되어 버린다면 애먼 주인 할머니와 주방장이 공안국을 오가느라 고생할 것이 빤했기에 모험을 포기했다.

나디와 나디가 연결되자 금세 기감에 느껴지는 것이 있었다.

2차 각성 후라 그런지 그리 어렵지 않았다.

지금이야 초보 수준이지만 조금만 더 노력하면 멀티 네트워크, 즉 다중통신망도 꿈은 아닐 것이다.

이를테면 나디를 한꺼번에 여러 사람에게 보내 정보를 취합하는 수법이다.

'역시······.'

나디를 통해 전해지는 느낌은 잘 벼려진 칼날 같은 예리함이었다.

아울러 담용에게도 익숙한 냉병기 냄새도 느껴졌다.

눈에는 보이지 않지만 적어도 몸 어딘가에 칼 같은 흉기를 하나 이상은 품고 있다는 뜻이었다.

당연히 총기도 지니고 있을 것이다.

뭐, 그렇다고 두렵다거나 하는 생각은 추호도 들지 않았다.

지금의 담용은 2차 각성을 이룬 상태.

무서울 것도 거칠 것도 없었다.

무엇보다 지금은 할머니를 제외하고는 실내의 그 누구도

담용을 신경 쓰지 않아 마음 편히 식사를 할 수 있다는 게 좋았다.

완벽한 변신의 효과다.

이어서 속닥이는 짤막한 대화 몇 마디.

"조장 동지, 답답합네다. 고조 시간 끌 것 없이……걍……."

"조용히 하라우. 계획된 시간에 움직인다."

"아무리 독 안에 든 쥐 신세라지만……."

"조용. 연락이 오면 그때 움직인다. 그러니 닥치고 있으라우."

"아, 알았시오."

"그리고 그 성질 좀 죽이라우. 그러다가 일을 망칠 수 있어."

"……."

"와 대답 안 하네?"

"아, 알았시오."

'냉정한 놈이로군.'

족제비란 놈은 말투까지 마치 예리하게 벼려진 칼날 같았고, 파트너란 놈은 불같이 급한 성정임을 알았다.

기회가 오면 그런 첨을 이용해도 괜찮겠다 싶었다.

그나저나 아파트 인근에서 510호의 탈북자들을 감시하는 놈들이 있다는 얘기로 들렸다.

담용은 나디를 거두어들이려다가 슬쩍 장난기가 발동했다.

'영향을 줄 수 있는지 한번 시험해 보자.'

나디가 사람에게 대미지를 입힐 수 있는지도 시험해 볼 겸 골탕을 먹이고 싶은 생각이 든 담용이 알게 모르게 족제비 이상철의 행동을 살폈다.

그러다가 곧 이상철이 물컵에 손이 가는 것을 보고는 그 즉시 차크라의 양을 조금 더 끌어올려 활성화시킴과 동시에 내보냈다.

지극히 적은 양.

평화로운 식당의 분위기를 깨고 싶지 않은 담용의 배려였다.

반응은 즉각 왔다.

"윽."

물 한 모금을 목구멍으로 넘기는 찰나, 눈이 툭 튀어나오는 이상철이다.

이어서 '푸앗' 하고 입안에 머금었던 물을 마주 앉은 오격식에게 내뿜었다.

"어우!"

본능적으로 손을 들어 막은 오격식이 인상을 찌푸릴 때다.

"꺼어억. 꺼억, 꺼어어억."

시종 냉정한 얼굴을 유지하던 족제비가 물을 한 모금 들이 켜고 뿜어낸 순간, 별안간 목을 움켜쥐며 숨을 제대로 쉬지 못했다.

오격식이 엉덩이를 들썩대며 당황할 때, 이상철은 얼굴이 붉어지면서 눈이 서서히 충혈되어 갔다.

주인 할머니를 비롯한 사람들이 무슨 일인가 하며 시선이 쏠릴 즈음 담용이 슬며시 나디를 떼어 내 주변에 머물게 했다.

"캑캑캑……."

연거푸 밭은기침을 뱉어 내며 괴로워하는 이상철을 보고 오격식이 말을 더듬거렸다.

"조, 조…… 괘, 괜찮으……."

"꺽, 꺽, 괜……찮아. 후우. 후우. 후-!"

가쁘게 숨을 불어내며 몸을 틀어 벽에 기대는 이상철의 모습은 물을 마시다가 사레가 들린 듯했다.

주인 할머니도, 식당 사람들도 이내 관심을 끄는 것만 봐도 알 수 있었다.

그 모습에 담용이 내심으로 '빙고'를 외쳤다.

'으흐흐흣, 조금만 훈련하면 가능할 것 같은데?'

쥐도 새도 모르게 살인할 수 있는 수단 한 가지가 생긴 것이다.

즉, 죽음의 스펙 하나를 갖게 된 것.

문득 세상에서 제일 얄미운 놈의 얼굴이 떠올랐다.

사베 츠요시.

미래의 일본 수상 이름이다.

그것도 2006년 90대 총리를 시작으로 95대, 그리고 담용이 회귀하기 전에 96대 총리 유임도 유력한 상황인 인물이었다.

즉 자민당 독식 정치를 이끈 인물.

오죽하면 자민당 일당 독재라는 말이 나올까.

우익 정치인으로서의 행보 때문에 한일 관계를 파탄으로 이끈 장본인이기도 했다.

가끔은 체면치레로 한국과 관계 정상화를 위한 흉내를 내긴 했지만, 진심을 느낀 적은 단 한 번도 없었다.

'이 작자가 지금 어디 있지?'

담용은 눈앞의 상황도 잊은 채, 기억의 전도체를 건드렸다.

이내 기억해 낸 사실은 지금은 내각관방부 장관에 취임해 있다는 것.

모리 내각에서 차후 총리가 되는 고이즈미 준이치로의 추천으로 현재 내각관방 부장관에 취임해 있는 사베 츠요시였다.

'내년에도 유임하는군.'

하긴 탄탄대로일 수밖에 없는 가계 출신이었으니까.

아버지인 사베 신타로도 차기 수상으로 유력한 후보였다

가 급사했으니 배경은 차고 넘쳤다.

'흥, 만약 일본에 갈 일이 있다면 이 작자부터 손봐 줘야겠군.'

삭초제근이 해답이라면 그렇게 하면 된다.

뭐, 이 작자뿐일까?

최근 일본외무성 아주국장인 가토 료조가 독도가 역사적으로 일본 영토라고 발언한 일 또한 용서하지 못할 짓거리다.

'기회가 온다면 하시모토 총리와 유키히코 일본 외상도…….'

특히나 사베 츠요시는 반드시 처리해야 할 인물이었다.

역사 이래로 한국을 괴롭혀 온 것을 차치하고라도 일본이 우경화가 되어 감과 동시에 대동 결집이 되는 것도 무시하지 못할 일이었다.

더군다나 툭하면 독도를 자신들의 영토라 망언을 해 대며 깐족대는 통에 한국인들의 분노에 이어 은근한 정신적 박탈을 유도하는 작태가 더 괘씸했다.

조상 대대로 원수진 일도 없는데 사사건건 발목을 잡고 유린하고 있는 일본 정치인들의 작태는 이제 신물이 날 정도다.

고로 별로 이름이 나지 않은 지금이 절호의 기회였고, 그 여파도 적을 것이다.

그러려면 나디의 응용이 보다 더 세밀해지고 강력해져야
했다.

　이 외에도 조절하는 기술 등 많은 것이 숙제로 남아 있었
다.

　'그나저나 이름을 붙여야겠는데…….'

　초능력사史를 통틀어 처음으로 등장하는 수법이었으니 당
연했다.

　물론 비슷한 수법이 있을 수도 있다.

　하지만 차크라를 통해 생성된 나디로 능력을 발현시키는
수법은 담용이 유일할 것이라는 생각이다.

　아울러 앞으로도 이런 일은 잦을 것이다.

　그때마다 이름을 지어야 하는 일도 만만찮을 것이고.

　하지만 얼마나 재미있는 일인가?

　초능력자들의 세상에서 사상 처음으로 드러내는 능력에
명칭을 부여한다는 것은 절대로 귀찮아 할 일이 아니었다.

　'통신망이니 시그널리시스?'

　설레설레.

　말해 놓고도 마음에 들지 않았다.

　너무 평범한 데다 끌림이 없었던 것이다.

　'흠, 나디를 선으로 연결했으니…… 줄기가 연결됐다고 보
면 되나?'

　줄기는 영어로 스템stem이다.

나디로 인한 통신망은 상대의 정보도 취합하지만 그것이 강력해질 때는 살인은 물론 그 파괴력도 대단할 것 같아 조금은 강한 명칭인 것이 알맞았다.

'음…… 사이킥 스템psychic stem?'

읊조리고 보니 꽤 괜찮은 작명인 것 같았다.

'좋아, 넌 앞으로 사이킥 스템이다.'

담용은 나름대로 내심 만족한 웃음을 자아냈다.

더불어 떠오르는 것이 있었다.

'이거 몸에 심을 수도 있나?'

특정한 이에게 나디를 심어 그의 동선을 파악할 수 있으면 어떨까 하는 생각에서 떠올린 발상이었다.

'까짓것 시도해 보면 알 일.'

망설일 일이 아니었다.

다만 심어 놓은 나디가 유지되는 시간이 얼마냐는 것과 상대가 몸에 이상 징후를 느끼지 못할 정도의 양이라야 한다는 것이 문제였다.

'양을 더 키우면 곤란하겠어.'

대상자가 몸에 이상을 느껴 자연스럽게 이어져야 할 계획이 틀어지면 나디를 심으나 마나다.

그다음은 어느 부위에 심느냐는 것.

'인간의 가장 둔감한 신체 부위가 어딜까?'라고 생각하던 담용은 곧 등일 것이라 결론을 내렸다.

이는 감각점이라 할 수 있는 냉점, 온점, 압점, 통점을 느끼는 감각이 둔하다는 것이다.

다시 말하면 중추신경계에 전달되는 속도가 늦다는 것.

담용은 잠시 떼어 냈던 나디를 일부 나누어 이상철과 오격식의 등에 심어 놓고 나머지는 거둬들였다.

그럼에도 반응을 보이지 않는 것을 보고는 안심했다.

이제 이상철이 어딜 가도 당분간은 자신의 감각 거리에 있어 신경을 끄고 있어도 안심이 됐다.

그런데 대상이 움직일 때 나디가 어떻게 반응할지는 담용 역시 미답의 영역이라 불안하긴 했다.

'에이, 어떻게든 되겠지.'

설마하니 차크라가 주인인 자신에게 신호도 보내지 않고 함부로 날뛸까.

'일단 배부터 좀 채우고 보자. 암, 먹어야 힘이든 용이든 쓰지.'

후릅.

엽차 한 모금을 마시고 컵을 내려놓자, 할머니가 양꼬치와 땅콩무침을 내왔다.

엄청 푸짐했다.

'이거 혼자 다 못 먹겠는걸.'

족제비 사냥 Ⅱ

밤을 잊고 있는 사람은 또 있었다.

바로 중국의 치안 관련 업무를 총괄하고 있는 공안부 부장 저우캉이었다.

근래의 저우캉은 얼굴에 '나 고민 많소.'라고 또렷하게 쓰여 있었다.

고민을 대변이라도 하듯 저우캉의 안색은 석고상처럼 딱딱하게 굳어 있었다.

조금 전에 끝난 공안부 정례 회의에 이어 계속 그런 상태가 유지되고 있는 원인은 선양 공안국의 대폭발로 인한 여파였다.

그도 그럴 것이 최근에 있었던 선양 공안국의 대폭발과 그에 따른 희생자 문제 때문이었다.

그러나 정작 저우캉으로 하여금 더 머리를 싸매게 하는 것은 일주일이 다 가도록 폭발의 원인을 밝히기는커녕 범인의 윤곽조차 파악하지 못하고 있다는 데 있었다.

더욱이 동북 3성의 공안과 무경 들을 대거 동원하고도 윤곽조차 파악하지 못하고 있다는 것이 더 큰 충격이었다.

지난 일주일 동안 불철주야 선양 공안국 폭발 사건을 진두지휘하며 바쁘게 보내던 저우캉이 급거 귀경한 것은 공안부 정례 회의에 참석하기 위해서였다.

하지만 딱히 정례 회의가 있어서만은 아닌 것이, 선양 공안국의 대폭발만큼 큰 대형 사건은 아닐지라도 중국 정부로서는 무시할 수 없는 사안이 코앞에 다가와 있어서였다.

지금은 정례 회의 후의 막간을 이용해 잠시 갖는 휴식 시간이다.

그러나 저우캉은 책상에 올라온 보고서에서 눈을 떼지 못하고 있었다.

대부분 선양 공안국 폭발에 관한 업무 보고서로, 내용은 보기만 해도 관자놀이가 지끈지끈했다.

허구한 날 그 내용이 그 내용이었으니 말이다.

"후우!"

크게 한숨을 불어 낸 저우캉이 피곤했던지 엄지손가락으로 관자놀이를 꾹꾹 눌러 댔다.

그때, 노크 소리가 들려왔다.

똑똑똑.

"들어와."

문이 열리고 제복 차림의 예쁘장한 여성이 붉은 입술을 놀렸다.

"부장님, 쑨 국장이 오셨습니다."

"어? 들어오시라고 해."

그 말을 기다렸다는 듯 얄팍한 파일을 옆구리에 낀 인민복 차림의 중년인이 들어섰다.

"부장님, 어째 안색이 나아지질 않는군요."

"나아지면 그게 이상한 게 아닌가? 거기 앉게."

자리를 권한 저우캉이 쑨 국장과 마주 앉았다.

쑨 국장은 이름이 부찐이다.

즉, 쑨부찐.

직함은 해상안전국 국장이었다.

정례 회의에서 공공연하게 밝힐 사안이 아니었던 탓에 저우캉이 밤이 깊었음에도 불구하고 담당 국장을 따로 부른 것이다.

"차 한잔할 텐가?"

"괜찮습니다. 회의 때 많이 마셨는걸요."

경직되지 않은 대화.

이로 보아 서로 간에 각별한 친분이 있는 듯했다.

"그럼 본론으로 들어가지. 준비는 어떤가?"

중국은 치안 관련 업무를 공안부에서 총괄하고 있지만 해양에서의 항행 안전에 관한 업무는 교통부 내 몇 개의 국이 분담하고 있었다.

그 중심 부서가 바로 해상안전국인 것이다.

"저희 부서는 만반의 준비를 끝낸 상탭니다. 교통부도 협조 체제가 완비되었고요."

중국의 교통부는 교통 관련 업무 중에서 철도 및 항공 업무를 제외한 도로 운송, 해상 운송, 내수 및 운하 운송을 총괄하고 있었다.

"단둥시와의 협조가 중요해."

"5일 후 자정을 기해 단둥시 공안국이 1급 경비 체제를 가동하기로 이미 약속이 되어 있습니다. 나머지 부분은 저희 부서가 직접 챙길 것입니다."

해상안전국의 일부 현장 업무를 지방정부에 이양하는 사례가 있었기에 하는 말이었다.

"특히 압록강철교와 동강 그리고 관공서와 단둥 역사 등 주요 시설의 경비를 대폭 강화할 것입니다."

"앞바다에 집중된 시선을 돌리기 위해 꽁뷔(테러)를 가할 수도 있다는 거로군."

"최악의 경우도 생각해야 하니까요."

"그게 기본이니 당연히 꽁뷔는 대비해 놔야겠지. 북한 측의 준비는?"

"차질 없이 배를 댈 것이라는 연락을 받았습니다."

"좋아. 최종 점검을 해 보자고. 물품 목록을 좀 보세."

"예. 여기……."

쑨 국장이 가지고 온 파일을 펼쳐 내밀었다.

"흠."

탁자에 있던 돋보기를 쓴 저우캉이 내용을 살펴보더니 물었다.

"원심분리기? 추가된 물품인가?"

"예, 북한에서 적극 요구해서 준비했습니다. 그 덕분에 서둘러 운송선을 바꿔야 했습니다."

원심분리기의 덩치가 크다는 뜻.

"하긴 산화알루미늄을 제공하는 판국에 원심분리기가 없으면 곤란하겠지."

이유야 간단한 것이, 산화알루미늄은 농축우라늄 추출에 필요한 원심분리기에 사용되었기에 그랬다.

즉 원심분리기는 농축우라늄 처리를 위해 없어서는 안 될 필수적인 설비였던 것이다.

"모터의 종류가 더 늘어났군그래."

"역시 추가 주문이 있어서……."

"트랜스미터, 전선, 탑재용 센서……."

저우캉이 미사일의 핵심 부품들을 주욱 읊조리고는 물었

다.

"전부 우리 건가?"

"아닙니다. 프랑스와 독일 것도 있습니다."

"구하느라 애썼겠군."

기실 아직까지는 서방에서 만든 외국산을 수입해다가 북한에 넘겨주는 부품들이 적지 않은 때였다.

이외에도 목록에는 미사일 제조에 필요한 컴퓨터 하드웨어와 소프트웨어 그리고 그에 따른 기술자의 명단까지 적혀 있었다.

"기술자들은 언제 가나?"

"3개월 후로 예정되어 있습니다."

"광선은행에서 대금 지급을 그때 하겠다던가?"

"예, 최근 경화 결제로 전환되는 바람에 결제가 다소 늦어지는 경향이 있습니다."

"흠, 물물교환에 길들여져 있다가 당장 현금으로 결제하는 방식으로 바뀌었으니 자금을 마련하기가 쉽지는 않을 테지. 뭐, 그 정도는 이해해 줘야겠지."

"그걸 감안해서 기다려 주고 있습니다."

"늘 말하는 거지만 CIA 놈들이 눈을 시퍼렇게 뜨고 있으니 주의하게."

"주의하고 있습니다."

"어차피 그들과는 알고도 속는 체해야 하고, 모르고도 속는 관계일 수밖에 없다. 국가 간에 영향을 끼칠 만한 일로 부딪치지 않는 이상은 말이야."

끄덕끄덕.

"그야……."

"설사 부딪칠 일이 발생한다고 해도 아직은 우리가 한참 열세라 양보하고 물러설 수밖에 없어."

"하루빨리 국력을 키워야지요."

"10년만 지나면 미국도 우릴 함부로 할 수 없을 걸세."

"하루빨리 그때가 왔으면 좋겠습니다."

"후후훗, 그때가 되면 우린 한물간 노인네야. 후임들이 맡아서 할 일이지."

"늙은 생강이 매운 법입니다."

"허허헛, 젊은 것들이 뒷방 늙은이를 생각해 준다면야 매운 생강 역할을 하겠지만 쉽지 않아."

"제가 그렇게 만들 것입니다."

아직은 늙었다고 보기에는 이르다고 할 수 있는 쑨부찐이어서 하는 말이었다.

"어쨌든 놈들이 상사맨으로 위장하고는 있지만 우리가 짐작하지 못하는 게 아니듯 놈들도 우리를 그만큼 알고 있다고 봐야 하니 신경을 쓰도록."

"명심하겠습니다."

"위성 시간은 파악해 뒀겠지?"

"그럼요. 한반도 상공에 떠 있는 인공위성들의 시간을 철저히 계산해 뒀습니다."

"모두 몇 개지?"

"정지궤도 위성과 비정지궤도 위성 모두 합해서 298개입니다."

"헐, 곧 3백 개를 채우겠군."

기실 2012년도에는 319개로 늘어나지만 298개는 2000년인 지금의 숫자였다.

"위성에 대해서는 잘 모르지만 종류가 다양하다면서?"

"예, 정지위성과 항법 위성 그리고 군사위성 등이 있습니다. 숫자 역시 그런 순이지요."

"미국과 우릴 비교하면 차이가 많이 나는군."

"미국이 115개이고 우리가 38개에 불과하니 아직까지는 그렇습니다."

"크흠, 이전에도 느낀 거지만 해상에서 거래하는 건 여전히 어려운 문제로군."

"육상은 더 어렵지요. 그래도 지구의 자전과 위성이 교차하는 시간 차를 절묘하게 이용하면, 그들이 알 수는 없을 겁니다."

인공위성을 아무리 촘촘하게 깔아 놔도 틈새는 있기 마련이라는 뜻이었다.

"그게 관건이긴 한데, 차제에 다름 방법을 모색해 봐야겠어. 미장필포란 말도 있으니 말일세."

미장필포尾長必捕.

꼬리가 길면 반드시 잡힌다는 뜻이다.

"하긴 야장몽다란 말도 있으니 다른 방법을 모색할 때도
됐지요."

야장몽다夜長夢多는 밤이 길면 꿈이 많아진다는 의미의 사
자성어다.

"지난번처럼 2시간인가?"

"요즘은 조금 더 짧아졌습니다만 요행히 시간 내에 끝낼
수 있을 것 같습니다."

"끝내지 못했을 때의 대책은 뭔가?"

"그럴 리야 없겠지만 만에 하나 발각될 것을 고려해 전부
고기잡이 어선으로 준비해 뒀습니다. 거기에 더해서 우리 해
상안전국의 주도하에 단둥시 공안국, 지역교통부와 연계해
해난 구조 훈련이란 명목으로 합동 해상 훈련을 하도록 계획
을 수립해 놨습니다."

"호오, 그거 괜찮은 생각이군그래, 허허헛."

긴장의 끈을 놓지 않고 있는 것도 그랬고, 합동 해상 훈련
까지 마련해 놓은 것에 저우캉이 만족한 웃음을 자아냈다.

"그래도 2시간 안에 모든 걸 처리하는 게 가장 좋아. 더구
나 이번엔 양이 좀 많잖나? 물건도 크고 하니 시간이 촉박할
수도 있겠어."

"그동안 숙달된 것도 있으니 양이 조금 많아도 그 시간이면 충분합니다."

이렇듯 중국 정부가 번연히 행하고 있음에도 불구하고도 공식적으로는 이런 불법적 대북 수출이 이뤄지고 있다는 사실을 부인하고 있었다.

"가능하면 더 빨리 끝내도록 하게. CIA 놈들이 여태껏 물을 먹다 보니 수단과 방법을 가리지 않고 모든 것을 동원해 방해를 하려고 할 테니까."

"알겠습니다. 뭐, 설사 알아냈다고 해도 마샹실업과 북한 제2경제위원회 사이의 일로 치부해 버리면 그만입니다."

민간업자가 저지른 일에 대해서 책임질 수 없다고 발뺌을 해 버리면 된다는 얘기였다.

전가의 보도로 써먹어 오던 수법이라 저우캉도 거기에 대해서는 가타부타 더 말하지 않고 화제를 바꿨다.

"그리고 일전에 중련부 소속의 왕야오리가 이번 거래에 직접 참여하겠다고 했었는데, 아직도 고집을 부리나?"

"예."

"거참……."

중련부는 중국공산당의 첩보기관으로, 대외연락부를 지칭하는 말이었다.

중국공산당이 개입되다 보니 그 실질적 수장은 주석이었지만 대외적으로 알려진 것은 공산당 상무위원이었고, 그 아래로 부부장급을 두고 있었다.

"어차피 중련부가 북한 김씨 정권과는 밀접한 관계이니 그쪽에서 책임자로 가는 것이 여러모로 좋을 것입니다."

그걸 모르고 있을 저우캉이 아니었다.

"정 고집을 부리면 어쩔 수 없지."

기실 공안부가 아니라 국가안전부라도 중련부를 어찌할 수 있는 게 아니어서 요청해 오면 들어줄 수밖에 없다.

중국에서 주석의 측근을 무시할 수 있는 기관은 그 어디에도 없었으니까.

"최근에 중련부에서 성도인 선양과 단둥시에 비밀공작부를 설치했다는 정보가 있습니다."

"그래? 확실한가?"

"확실합니다."

"단둥시라면 북한과의 거래가 잦은 지역이니 이해는 가는데, 랴오닝 성 성도에까지 설치를 한다는 건…… 너무 나대는 것 아닌가?"

"상무위원인 천펑쑹이 고집을 부렸다는 소문입니다."

"쯧쯔쯔…… 대체 옥상옥을 만들어서 뭘 하겠다는 건지……."

어이가 없다는 듯 혀를 찬 저우캉이 말을 이었다.

"뭐, 그 일은 그 일이고 우리가 맡은 임무나 빈틈없이 하게. 혹여 잘못되기라도 해서 빌미를 제공하는 일은 없어야지. 안 그런가?"

"그럴 일은 없을 테니 너무 심려하지 마십시오."

"그리고 사회과학원의 일은 어떻게 되어 가고 있나?"

"아! 사라진 허교익 박사를 수배하고 있는 중입니다. 공안 국의 폭발로 인해 동원할 수 있는 인원이 턱없이 모자라다 보니 지지부진하긴 합니다만, 곧 인원이 보강되면 어렵지 않 게 체포할 수 있을 것입니다."

"쯧. 그래서 이 일에는 이민족을 끌어들여서는 안 된다고 누누이 말했건만……."

"어쩔 수 없는 일이었습니다. 동북 3성의 역사에 대해서는 허교익 박사가 최고 권위자이다 보니 왕민중 원장이 요직에 앉힐 수밖에 없었으니까요."

"뭐, 동북 3성의 역사를 모르고서야 계획을 실현하기 어렵 다는 걸 모르지 않지만, 그렇다고 그런 핵심 문서를 노출시 키면 어떡하나?"

"조심한다고 했답니다. 어차피 그 계획은 태동하는 단계 라 설사 관계되는 국가에 노출이 됐다고 하더라도 깔끔하게 부인하면 그만입니다."

"아무튼 빨리 찾아내게."

"알겠습니다."

"그럼 난 또 선양 현장을 지켜봐야 하니 다음에 얘기하세. 이만 나가 보게나."

"예. 혹시라도 다른 지시 사항이 생기면 연락을 주십시오."

"그러지."

"그럼……."

묵례로 예를 취한 쑨부찐이 집무실을 나갔다.

자정을 5분 정도 남겨 놓은 시각, 담용은 방딩아파트 510호 문 앞에 서 있었다.

국정원 선양 지부 안가 중 한 곳이었다.

그런데 담용의 얼굴은 또 바뀌어 있었다.

코는 반죽을 해 댔는지 뭉툭했고, 눈꼬리가 밑으로 축 처진 25세 전후로 보이는 청년.

그리고 복장도 캐주얼 차림인 청바지와 점퍼에서 간편한 트레이닝복으로 갈아입은 모습이었다.

'꼭대기 층에 우측 가장자리로군.'

뤄시양의 말을 빌면 탈북자들이 은신처를 정할 때는 기본적인 원칙이 있다고 했다.

가장 먼저 확인하는 것이 바로 눈앞의 주거지처럼 유사시에 옥상이나 비상계단 등으로 탈출이 용이해야 한다는 점이었다.

즉 북한 공작원이든 공안이든 추적하는 낌새가 있다는 정보가 들어오면 곧바로 정문이 아닌 다른 출구로 도주할 수 있는 주거지여야 한다는 것이다.

담용은 참으로 눈물겹다는 생각이 들었다.

탈북자들 나름대로 필사적으로 벗어나기 위한 자구책의 일환이었으니 말이다.

'여긴 세 사람이 있다고 했지.'

역시 뤄시양에게서 전해 들은 바로는 남성이 한 명에 여성이 두 명이었다.

주변의 의심을 피하기 위해 한 가족인 양, 부부와 딸로 가장하고 있다고도 했다.

한데 놀랍게도 남편으로 가장하고 있는 사람은 한국 사람으로, 직업이 목사라는 것이다.

박양수 목사.

나이 43세.

선양에 선교 목사로 왔다가 우연한 기회에 탈북자들을 돕게 된 것이 계기가 되어 지금까지 이어지고 있다는 게 이력의 전부인 사람이었다.

하지만 그 일천한 이력이란 것이 사실 하나뿐인 목숨을 걸어 놓고 행하는 일이다 보니 결코 일천하지 않았다.

멀리 갈 것도 없이 북한 공작원들이 바로 지척에 와 있음을 알면서도 미끼 역할을 자청하고 있는 것만 봐도 알 수 있었다.

미끼란 말은 뤄시양의 말을 듣고서야 안 일이었다.

—Z 님, 사실은 박 목사가 은신하고 있는 방딩아파트 510호는 족제비의 시선을 끄는 미끼 역할을 하고 있는 중입니다.

—미끼라니요?

—아, 대다수 탈북자들의 안전을 위해서 북한 공작원들의 시선을 끌어야 한다고 해서 말입니다.

—헐. 그렇게 위험한 일을 목사님이 자청하고 나섰단 말입니까?

—물론 노골적으로 시선을 끄는 것은 아닙니다. 최대한으로 숨어 다니고는 있지만, 서탑가가 비록 넓다고는 하나 여행객이 아닌 이상 낯선 사람이 숨어 다니기에는 의외로 좁은 곳이기도 해서 금세 정체가 노출될 수도 있습니다.

—그렇다면 지금 더 위험한 처지에 처해 있는 것 아닙니까?

—여태까지 박양수 목사와 조정례 그리고 김옥분은 부부와 딸로 위장해 있어서 괜찮았는데, 그것이 이제 한계에 이른 것 같습니다.

—남자들도 아니고 두 명의 여자까지 보호하려면 아무리 박 목사님의 능력이 대단하더라도 피하기가 어려울 텐데요.

더군다나 지금같이 검문검색이 빡 센 시국에 마음대로 이동하기도 쉽지 않을 것이고요.

　―하하핫, 그래서 Z 님이 오신 것 아닙니까?

　―쩝, 언제까지 안전할 것 같습니까?

　―예상하기는 내일 아침을 넘기기 어려울 겁니다.

　―이유라도 있습니까?

　―지금까지 놈들은 주로 새벽에 일을 처리해 왔다는 걸 알기에 하는 말이지요.

　―흠, 놈들도 일정한 패턴에 의해 움직인다는 말이군요.

　―그런 셈이지요. 그런데 박 목사님도 그렇지만 조정례 씨와 김옥분 양도 그 위험한 일을 스스로 자원했다는 게 더 놀랍지요.

　―예? 자원을 했다고요?

　―예. 박 목사 혼자로는 놈들의 시선을 끌기도 어려운 데다 탈북자로 보이지도 않아서 두 여자분이 용감하게 나선 겁니다. 뭐, 두 분이 다른 탈북자들보다 건강 상태도 양호하고 또 몸이 재빨라 발각됐을 경우 도주하기에도 용이하다고 판단한 것도 있지만요.

　―대단한 분들이군요. 결코 쉽지 않은 결정이었을 텐데요.

　―특히 조정례 씨는 열여섯 살 된 딸을 먼저 보내고 나선 터라 강단이 대단한 여자지요.

　―이런! 그런 희생을 감수한 분들이라면 빨리 가 봐야겠군

요. 지금 출발해도 되겠습니까?

　－하핫, 빠르면 빠를수록 좋죠.

　뤼시양과의 대화 내용을 머리에서 지운 담용이 행동에 들어가기 전에 먼저 암호를 떠올렸다.

　'셋째 이모, 다둥구, 훈난시구, 경철이, 영철이. 셋째, 넷째……'

　암호는 어떤 경우든 서로 간의 약속된 신호여서 틀려도 안 되고 더듬어서도 안 된다.

　특히나 지금과 같이 목숨을 위협받고 있는 와중이라면 더더욱 실수가 없어야 했다.

　그렇게 마음속으로 암호를 정리한 담용이 출입문으로 손을 가져갔다.

　출입문은 얼핏 봐도 목재로 된 문이었다.

　쿵…… 쿵…… 쿵…… 콩콩콩콩콩.

　문을 두드리는 것도 일종의 약속된 암호여서 한 번 두드리고 3초 쉬었다가 다시 두드리는 것을 세 번 반복해야 했고, 그다음은 연속해서해 다섯 번을 연속해서 두드려야 안에서 반응을 하게 되어 있었다.

　잠시 후, 암호가 통했는지 다소 걸걸한 중년 여성의 음성이 들려왔다.

　"누구시우?"

"셋째 이모! 나, 영철이야."

담용의 말투가 주변을 의식해서인지 마치 엄마에게 어리광부리는 투로 변했다.

"누구?"

"영철이라고요."

"아! 다둥구에 있는 둘째 언니의 영철이?"

"나참, 걘 경철이고 난 훈난시구의 영철이라고."

"아! 맞다. 훈난시구에 있는 큰언니의 셋째 영철이가 너였지."

"셋째는 무슨, 난 넷째라고. 그런 것도 까먹어?"

"어머머! 미안, 미안, 호호홋. 자다가 일어나서 그래. 근데 어제 올 줄 알았는데 왜 지금 오니?"

철컥. 삐이걱.

자물쇠가 풀리고 문이 열렸다.

그러나 안전 고리는 여전히 걸려 있는 상태, 아직 마지막 암호가 남았기 때문이었다.

"늦기는, 약속 날짜가 오늘이라서 오늘 온 거지."

약속 날짜가 오늘이란 것이 마지막 암호였다.

"어머! 그랬어? 내 정신 좀 봐, 깜빡했네. 어여 들어와."

달그락.

마지막 남았던 안전 걸쇠가 풀렸다.

이렇듯 번거로운 절차를 거쳐도 여전히 위험에 노출되어

있는 탈북자들인 것이다.

　문을 열고 담용을 맞아들이는 여인은 40대 초반쯤의 나이로 보였다.

　비록 고생한 흔적이 엿보였지만 웃음이 걸린 눈꼬리가 인상적이었다.

　맨얼굴이지만 예쁘장했고, 체구도 아담했다.

　'이분이 조정례 씨로군.'

　처녀 시절 꽤나 총각들의 마음을 설레게 했을 조정례의 예쁘장한 얼굴에 잠깐 의혹이 어리더니 담용의 뒤를 한 번 쓱 훑고는 문을 닫아걸었다.

　경계심인지 아니면 동행인을 찾는지 모호한 표정이다.

　담용이 아파트 안으로 들어가는 장면은 족제비 이상철이 고용한 감시원의 눈에 고스란히 잡혔고, 이내 연락이 갔다.

　"말하라우."

　-방금 웬 이상한 놈이 안으로 들어갔수.

　"뭐이? 확실하네?"

　-바로 코앞에서 본 거우다.

　"어떤 놈이네?"

　-어두워서 확실하게 본 건 아니오만 건장한 사내 같았수.

"곧 갈 테니 기다리고 있으라우."

족제비 이상철이 벌떡 일어서 말도 없이 잰걸음으로 나가자, 오격식이 재빨리 계산을 치르고는 따라 나갔다.

담용이 현관으로 들어서자, 세 남녀가 갖가지 표정을 지은 채 쳐다보고 있었다.

"혼자……예요?"

반말 투에서 존대로 바꾼 조정례가 물었다.

"저 혼잡니다."

담용은 현관에서 실내로 들어서지 않았다. 곧 떠나야 했기에 신발을 벗는 것 자체가 번거로워서였다.

조정례가 뒤로 물러서면서 이제 중학생이나 됐을 법한 체형인 김옥분의 손을 잡자, 체구가 건장해 보이는 중년인이 나섰다.

담용은 박양수 목사일 것으로 짐작했다.

그런데 담용이 듣기로 40대 초반인 43세인 걸로 알고 있었건만, 그동안 고생이 만만치 않았던지 40대 후반으로 보였다.

"나는 박양수 목사라고 하오."

"말씀은 많이 들었습니다."

담용이 정중한 자세로 예를 취해 보였다.

탈북자들을 위해 자신의 목숨을 걸어 놓고 헌신하는 사람이라 그만한 대접을 해 주는 것이 마땅하다는 생각에서였다.

또 한 가지는 첫인상에서 풍기는 포스가 산전수전 다 겪은 역전의 용사 같아서기도 했다.

하기야 어쭙잖은 '멘탈'이라면 생사의 문턱을 오갈 담력이 없지 않겠는가?

"다른 사람은 어디 있소?"

"없습니다. 거듭 말씀드리지만 저 혼자 왔습니다."

담용의 말투는 하나도 꺼릴 게 없다는 듯 당당했다.

'혼자라고?'

박양수의 미간이 살짝 찌푸려졌다.

"이곳의 상황을 알고 왔는지 모르겠소만 여긴 지금 북한 공작원들에게 노출된 상태라오. 특히 도살자 놈이 가까이 있다고 전해 들었소. 혼자서…… 괜찮겠소?"

어디서 왔는지 누구의 지시로 왔는지 따위는 중요하지 않았는지 이곳이 위험에 처해 있다는 말만 전하는 박양수 목사다.

'이들은 족제비란 놈을 도살자라고 부르는구나.'

하기야 족제비는 국정원에서 붙인 이름이니 명칭이 다를 수 있었다.

"뭘 염려하시는지 잘 압니다. 그러나 저를 믿고 따라 주시면, 세 분 모두 안전할 것이라는 말씀을 해 드리고 싶군요."

"흠, 좋소. 그쪽에서 그대 혼자 보냈다면 그만큼 믿는 구석이 있다는 뜻으로 알겠소."

더 말해 봐야 상황이 변할 것 같지 않아 보였던지 박양수 목사가 쿨하게 받아들였다.

"조 여사님, 짐을 챙기세요."

"네."

"옥분이 너도."

"전 이미 다 챙겼시오."

이미 백팩에다 손가방까지 들고 나갈 준비를 마친 옥분이 마치 필사의 탈출이라도 하듯 각오를 단단하고 있는 표정이었다.

조정례가 해 줬는지 두 갈래로 땋은 머리로 인해 더 어리게 보였다.

'훗, 귀엽네.'

나이가 열여섯 살이라고 들었건만 초등학생처럼 체구도 작고 가녀린 옥분이라 측은한 마음도 들었다.

그럼에도 불구하고 스스로 남았다니 그 심성이 놀랄 만했다.

"목사님, 준비 다 됐시요."

방으로 들어갔던 조정례가 나왔다.

여자치고는 짐이 단출했다.

백팩이라고 하기에는 조금 큰 달랑 등 가방 하나가 전부였다.

다른 게 있다면 군용 대검을 옆구리에 차고 있다는 것.

담용의 시선이 대검에 머물자, 조정례가 웃으며 말했다.

"내레 하전사 출신이라 날창을 좀 다룰 줄 압네다."

날창이 대검을 뜻하는 말인 것쯤은 특전사 교육 중 북한 말 시간에 배웠던 덕에 알고 있었다.

특전사의 임무는 적의 주요 시설 파괴, 요인 암살, 대테러 등에 대처에 있다.

그러려면 임무를 수행할 때, 주적인 북한의 말을 어느 정도 알아 둬야 할 필요가 있었다.

박양수 목사는 그조차도 없었는지 맨몸에 쇠막대기 하나만 든 채였다.

"이제 출발합시다."

"예, 근데 그 몽둥이는 뭡니까?"

"아, 이건…… 호신용 쇠막대기요."

"저도 칼을 차고 있시요."

뜻하지 않은 옥분의 말에 돌아보니 배시시 웃으며 장난감 같이 생긴 조그만 칼을 들어 보이고 있었다.

담용은 기도 차지 않았지만 두 여자의 얼굴을 보니 여차하면 한 손 거들겠다는 각오로 단단히 무장되어 있어 웃지도 못했다.

'쩝, 익숙하지 않은 무기로 살인 기술을 익힌 놈들을 어떻게 감당하겠다고…….'

뭐, 궁지에 몰린 쥐가 뭔들 못 할까만 발악한다 해도 쥐가 고양이를 이긴다는 소리는 아니다.

게다가 총기까지 소지한 고양이들이라면 지참한 무기라는 게 너무 조악했다.

그러나 그냥 앉아서 죽음을 기다릴 수 없다는 의지 하나만은 가상했다.

한데 담용처럼 박양수 목사 역시도 똑같은 생각을 하고 있다는 것을 알까?

무기도 없이 배낭만 불룩하다고, 저래서야 기민한 움직임을 보일 수 있겠냐고 말이다.

고로 박양수 목사의 내심은 듬직한 체구 외에는 미더운 구석이 없다는 마음이 더 강했다.

하지만 어쩔 수 없이 따라야 했다.

북한 공작원들에게 노출되어 감시를 당하고 있음을 빤히 알면서도 여기까지 와 준 것 자체가 감사할 일이었고, 아녀자 둘에 사내라고는 달랑 자신 혼자였으니 한 손보다도 두 손이 더 낫다는 생각이었다.

"목사님, 그동안 마음고생이 많으셨을 줄은 압니다만, 이젠 그딴 건 버리시고 안심하고 저를 따라나서도 됩니다."

"그래도 상황이 어떻게 될지 모르니 그냥 이렇게 가겠소."

태도로 보아 고집을 피우거나 담용을 무시한다기보다 그
게 더 편해서임을 알 수 있었다.

"쩝, 그러시든지요. 자, 이제 가…… 응?"

차크라가 살짝 꿈틀한다 싶더니 익숙한 나디가 극렬하게
반응을 보였다.

이어서 명령어도 없는 상태에서 제멋대로 쏙 튀어나온 나
디가 아파트 정문으로 향했다.

아니, 실제로 튀어 나갔다기보다 기운이 뻗쳤다고 해야 옳
았다.

"아, 잠시만요."

얼른 차크라를 끌어 올림과 동시에 안력을 돋운 담용이 문
을 열고 복도로 나가 내려다보니 족제비 이상철이 파트너와
함께 달려오는 것이 보였다.

시선을 살짝 돌려보니 맞은편 아파트 출입구에서 사내 하
나가 모습을 드러내더니 두 사람을 맞으러 가는 것을 볼 수
있었다.

'어, 저건?'

사내의 손에 들려 대롱거리는 물건은 틀림없는 야시경이
었다.

맞은편 아파트에서 야시경으로 510호를 감시했다는 건 이
들 세 사람을 도마 위에 올려놓은 생선 취급했다는 것과 진
배없었다.

'제법 머리를 썼군.'

하기야 충분히 예상할 수 있는 일이었다.

"무슨 일이오?"

"아, 아무래도 놈들과 조금 일찍 만날 것 같습니다."

"그래요?"

늘 위험을 달고 산 사람처럼 박양수 목사의 반응은 의외로 침착했다.

"예. 근데 목사님, 혹시 이 근처에 사람이 잘 다니지 않는 한적한 장소가 어딘지 아십니까?"

"그런 장소라면 인가를 조금만 벗어나도 천지요만…… 왜 그러시오?"

"아, 놈들을 유인하고 싶어서요."

"유인한다고요?"

"예, 목사님이 아는 곳이 있다면 그곳으로 갔으면 하는데, 괜찮겠지요?"

"알겠소. 어디로 나갈 생각이오?"

"후문이 있습니까?"

"있소. 내가 그쪽으로 안내하리다. 그런데…… 괜찮겠소?"

"세 분의 안전은 제가 책임질 테니 안심하십시오."

"놈들은 총을 가졌소."

"하핫, 세 분이 놈들의 총에 맞을 확률은 단 1퍼센트도 없으니 걱정하지 마시고 앞장서시지요."

그렇듯 자신 있게 뱉어 놓고서는 중얼거렸다.

'대포만 아니라면요.'

기실 44매그넘 같은 강력한 총기류라면 시험해 본 적이 없어 막을 수 있을지 어떨지 확신이 서지는 않았다.

북한 공작원들이 그렇게 고급스러운 총기를 사용할지도 의문이긴 했다.

'헐, 도대체 뭔 자신감인지…….'

여전히 아무런 대비도 하지 않은 상태임에도 표정조차 시종 담담한 담용을 본 박양수는 애써 불안감을 감추며 단단히 조이고 있던 마음이 일시에 풀어지는 것을 느꼈다.

자신이야 어차피 신앙인이라 이 길로 뛰어들었을 때부터 죽음을 각오한 바였다.

하지만 기껏 살아 보겠다고 지옥 같은 북한을 탈출한 사람들까지 위험에 직면할 것 같아 불안감은 더 가중되어 왔었다.

담용도 박양수의 심정을 모르는 것은 아니었지만 지금으로서는 딱히 해 줄 것이 없어 더 말을 하지 않았다.

이런 일은 결과가 나와야 이해할 수 있는 일이었기 때문이다.

"이제 가시지요."

"그, 그럽시다."

'후우, 부디 숨겨 둔 한 수가 있길 바라오.'

내심 한 가닥 희망을 바랐지만 별로 내키지가 않았다.

그러나 이미 시위를 떠난 화살이란 생각이 든 박양수가 돌아보니 조정례와 옥분인 벌써 복도로 나와 있었다.

"목사님, 엘리베이터를 타는 것보다는 계단이 낫겠습니다."

"내가 앞장서겠소."

박양수가 앞장서자, 조정례와 옥분이 얼른 뒤를 따랐다.

담용은 두 사람의 행동에서 자신을 그리 미더워하지 않는 눈치인 것을 알고 쓴웃음을 짓고는 걸음을 옮겼다.

이해는 한다. 이들에게 담용은 현재 힘없는 말일 뿐인 것을.

만약 알았다면 담용이 나섰다는 자체가 공포일 것이다.

"조, 조장 동지, 놈들이 나옵네다."

"여기선 안 돼! 기다리라우."

으슥한 나무 아래, 아파트 출입구에서 눈을 떼지 않고 있던 오격식이 성급하게 나서려 하자 손으로 가로막은 이상철이 중얼거렸다.

"대담한 거이가, 아니몬 뭘 모르는 거이가?"

"뭘 모르는 기이오. 어, 조장 동지, 연놈들이 후문으로 가고 있시오."

"오히려 잘됐어. 가자우."

"이보우, 수고비는 주고 가야잖소?"

"어? 길티."

이상철이 주머니에서 지폐 몇 장을 꺼내 감시했던 사내에게 건넸다.

"흐흐흣, 고맙수. 또 연락 주시오."

수고비를 받아 챙긴 사내가 희희낙락하며 손을 한 번 흔들어 보이고는 돌아섰다.

"조장 동지, 후문으로 나가몬 바로 논밭밖에 없습네다."

"벌발(평원)이라면 더 좋지."

"길티요. 처리하고 눈 속에 파묻어 불면 간단합네다."

"흐흐흣, 오랜만에 피 맛을 볼 수 있겠어."

천천히 뒤따르며 혓바닥으로 입술을 살짝 적시는 이상철의 눈빛이 잔인하게 빛났다.

이상철은 자신으로 인해 탈북자들의 씨가 말랐던 탓에 그동안 부지런히 추적과 수색을 계속했어도 좀처럼 이들을 찾을 수가 없었다.

피 맛이 그리웠던 이상철은 그동안 열 일을 제쳐 놓고 정보원을 푸는 등 각고의 노력 끝에 찾아 헤매다가 마침내 세 사람을 발견한 것이다.

실로 오랜만에 맛보는 스릴에 신이 난 이상철의 뇌리에는

이미 눈밭에 산산이 흩뿌려진 핏빛, 진홍색 그림이 완성되어
있었다.

바인더북

족제비 사냥 Ⅲ

'짜식들, 뭣도 모르고 쫓아오는군.'

세 사람의 안전을 도모하기 위해 맨 뒤에 선 담용이다.

그러나 그냥 걷고 있는 것이 아니었다.

사이킥 스템을 이용해 나디를 후방으로 넓게 확장시킨 상태인 담용의 기감에 이상철과 오격식이 걸려든 것이다.

특히 이상철과 오격식은 이미 심어 놓은 나디가 있어 행동 하나하나가 감시되고 있는 실정이었다.

그도 그럴 것이 하나도 바쁠 것이 없다는 듯 여유 있게 추적해 오는 느낌까지 고스란히 전해지고 있었던 덕에 속으로 실실 웃음이 나올 지경인 담용이었다.

또 다른 수확이 있었다.

족제비 패와의 거리를 감안하면 나디가 반응하는 반경이 족히 70미터 내외라는 점이었다.

거기에 차크라를 더 증폭시켰을 경우를 생각하면 나디가 반응하는 반경이 더 넓어질 가능성이 있음도 알게 됐다.

참으로 고무적인 현상이 아닐 수 없었다.

'역시 실전만큼 더 소중한 게 없다니까.'

경험의 소중함이 다시 한 번 보석처럼 빛나는 순간이었다.

아무튼 그렇게 후문을 벗어나자, 수확이 한참 전에 끝난 눈 덮인 벌판이 나왔다.

아니, 아예 칠흑 같은 어둠 속에 펼쳐진 더 넓은 설원이었다.

다행히 폭설이 내릴 때 전부 소진했는지 바람은 불지 않는 상태였다.

설원을 보고는 폭설의 잔재 앞에 암담했던지 앞서가던 세 사람의 걸음이 절로 멈췄다.

담용도 덩달아 멈춰 서서는 전방을 살폈다.

북방의 늦가을이라 눈이 녹을 생각을 않는 것 같다.

대충 치워 놓은 차도를 제외하고는 무릎까지 푹푹 빠지는 눈밭이었다.

담용은 잠시 망설였다.

인적이 없는 한갓진 곳을 원하는 바였지만 여자 두 명을 대동한 채, 눈밭을 헤쳐 가기에는 무리라는 생각 때문이었다.

추위를 감안해 단단히 준비했지만, 더 넓은 눈밭을 가로지르기엔 턱도 없었다.

'빨리 끝내는 게 좋겠어.'

그러려면 조금 더 멀리 유인할 필요가 있었다.

'엉?'

문득 눈에 들어오는 것이 있었다.

'돌무더긴가?'

설원에는 눈으로 뒤덮인 작은 동산만 한 높이의 돌무더기들이 곳곳에 산재해 있었다.

아마도 오랜 세월 동안 밭을 일구면서 나온 돌멩이들을 골라서 모아 놓은 것이 쌓이고 쌓여 형성된 듯했다.

저렇듯 넓은 벌판에 돌멩이 하나 나오지 않는다는 것은 말이 안 된다.

'짚은 아니다.'

담용으로서는 상황이 상황인지라 돌무더기가 세 사람을 보호해 줄 훌륭한 방패막이로밖에는 보이지 않았다.

놈들이 총을 난사할 때를 대비한 은폐물로는 최상인 돌무더기가 어느 정도 마음을 놓게 했다.

생각이 끝났는지 서둘러 말했다.

"놈들이 바짝 쫓아오고 있으니 곧장 가로질러 가세요."

"눈밭으로 말이오?"

"예, 힘들겠지만 지금은 어쩔 수 없어요. 단, 제가 몸을 숨

기라는 말을 하면 즉시 앞에 보이는 돌무더기 뒤로 피하셔야
합니다."

"흠, 아, 알았소."

"빨리 끝낼 테니 조금만 참으세요. 어서 가세요."

담용의 재촉에 세 사람의 발걸음이 빨라지기 시작했다.

그러자 족제비 패도 서두르는지 사이킥 스템으로 발현된
나디의 진동이 조금씩 빨라졌다.

그렇게 무릎까지 빠지는 눈밭을 헤치며 걸음을 재촉한 끝
에 두서너 개의 돌무더기를 지났다.

"헉! 헉!"

조정례와 옥분은 몸이 가벼워서인지 생생해 보였지만 박
양수는 나이 때문인지 벌써부터 헐떡댔다.

때를 같이하여 나디의 진동이 급박해지기 시작했다.

'훗, 놈들이 시작할 모양이군.'

그만큼 인가와는 거리가 멀어졌다고 판단한 듯했다.

'나야 좋지.'

어차피 시간을 끌어서 좋을 건 하나도 없다는 생각이었다.

애초 족제비를 마음껏 유린해 줄 마음이었지만, 지금은 사
치에 불과했다.

다섯 번째 돌무더기가 보였다.

"목사님, 지금입니다. 저 앞에 있는 돌무더기로 피하십시
오."

"아, 알았소."

박양수도 뒤쪽의 기척을 알았던지 조정례와 옥분이의 등을 떠밀었다.

"목사님, 막대기 좀 빌려주세요."

담용이 손을 내밀자, 박양수가 미련 없이 쇠막대기를 건네주고는 돌더미 뒤로 몸을 숨겼다.

"받아요."

조정례가 뭔가를 던졌다.

턱.

얼떨결에 받아 들고 보니 그녀가 지니고 있던 대검이었다.

마지막 호신 무기까지 맡겼다는 건 담용에게 모든 걸 걸었다는 말과 진배없었다.

'훗, 믿으시오.'

세 사람이 몸을 완전히 숨긴 것을 본 담용이 천천히 돌아섰다.

그리고 바닥을 단단히 다지고는 대검과 쇠막대를 바닥에 내려놓았다.

무기란 어디까지나 쓸 일이 있을 때 사용하면 되는 보조 수단에 불과해서였다.

이어 느긋한 자세로 팔짱을 꼈다.

기실 담용은 좀처럼 없을 북한 공작원과 한국 특전사의 대결로 둘의 실력을 비교해 보고 싶었다.

그러나 상황이 그걸 용인하지 않는 것이 조금은 씁쓸했다.

담용의 일행이 멈춰 선 걸 보고 뛰듯이 쫓아오던 이상철과 오격식이 천천히 걸어오더니 5미터 정도에서 멈췄다.

'어째 자라다가 만 것 같네.'

언뜻 봐도 둘 다 165센티가 될까 말까다. 아니, 더 작을 것 같다.

적어도 북한 특수부대 출신이라면 군인들 중에 고르고 골랐을 터인데도 말이다.

출신과 사상이야 기본일 테지만 체격 조건만은 건장해야 유리한 점이 많다는 걸 모를 리 없는 북한 군부가 실수할 일은 절대로 없다.

즉 북한의 사정은 이게 현실임을 말해 주고 있었다.

이는 한창 자랄 때, 잘 먹지 못한 결과다.

다 성장해서 잘 먹는다고 해 봐야 이미 골격이 형성된 뒤여서 이미 늦다.

그렇다고 절대 얕보는 건 아니다.

레슬링 선수 중 가장 체구가 크다는 빅쇼BIG SHOW라 하더라도 총 한 방에 꺼꾸러지는 세상이 아닌가?

"크크큭, 종간나 새끼들. 내뺀다는 게 고작 요기까지밖에 안 되네?"

오격식의 비아냥거림에 담용의 입술이 비틀렸다.

'저놈은 그냥 쓰레기군.'

사람에게는 말과 행동에서 기본적으로 지켜야 할 격조라는 것이 있다.

그런데 첫 대면인 상대를 앞에 둔 북한 공작원들에게는 그런 단어가 아예 존재치 않는 듯했다.

어차피 애들에게는 숭고한 영혼이란 걸 기대하기 어렵다.

그저 억지로 짜내서 신격화된 김씨 일가를 위해 목숨을 바치는 따라지들일 뿐, 그 이상도 그 이하도 아닌 존재들.

한국뿐만 아니라 여타의 나라 국민들은 그런 사고방식이 아예 없다.

있다면 각자가 믿는 '신神'만이 그런 대우를 받을 뿐이다.

고로 인간을 신이라 섬기는 북한은 결코 정상적인 국가라 할 수 없다.

주체사상이란 자체가 그럴 목적으로 내세운 김씨 일가만을 위한 허울 좋은 경전이었으니 말이다.

그러나 북한인들 중에 외국의 문물을 경험한 자들은 절대 그렇지가 않다.

알고는 있지만 이들은 그저 자신이 필요한 것을 얻을 목적으로 머리를 조아릴 뿐이다.

다시 말하면 목숨을 바쳐 충성한다는 것은 언감생심이다.

뭐, 김씨 일가의 행위가 옳든 그르든 자신과 일족들만 무탈하다면 불만이 있어도 입을 꾹 다문 채 제 할 일만 하는 것이겠지만 말이다.

'후훗, 살짝만 건드려도 길길이 날뛸 놈이라면…….'

일이 오히려 쉬울 것 같은 기분이었다.

어쨌든 말을 받았으니 가만히 있기보다 한마디 내뱉었다.

"어이, 개 대가리, 개 사료만 먹고 다니니 그런 개소리만 찍찍 내뱉는 건 알겠는데, 김정일에게 그 뭐냐? 그래, 단고기도 좀 던져 달래서 주워 먹고 다녀라. 먹을 게 그렇게 없냐, 개 사료만 핥아 먹게?"

"뭐, 뭐? 개, 개 대가리? 이런 두쌍 놈의 새끼가!"

턱!

분기탱천한 오격식이 곧바로 튀어나오려다가 이상철에게 막혔다.

"조, 조장 동지, 이거 놓으시라요. 저 간나 새끼래 방금 위대한 수령님을 모독했단 말이오."

김정일이란 말 한마디에 원색적인 본성을 고스란히 드러내다니 토악질이 나온다.

그놈의 세뇌 교육의 잔재.

이름을 부르지 않으면 뭐라고 부른단 말인가?

그럴 바에야 차라리 김 수령 1, 김 수령 2라고 짓던가.

"어차피 뒈질 놈이다. 잠시 기다리라우."

그래도 조장이라고 대번에 흥분하지 않는 걸 보면 좀 낫다.

"이, 이…….'

성질이 머리 꼭대기까지 차올랐는지 오격식이 화통 같은 성격만큼이나 콧김을 푹푹 내뿜으며 좀처럼 뒤로 물러나지 않고 씩씩댔다.

살짝만 더 건드려도 저놈은 미친 멧돼지가 될 것 같아 한 마디 더 했다.

"성질을 내니까 꼭 미친 개 대가리가 거품을 무는 것 같네. 어이, 혹시 개하고 친척이라도 되냐?"

"뭐, 뭐이? 으아아아! 조장 동지, 이거 놓으시라요. 내 간나 새끼를 당장 사지를 찢어발겨 놓을 끼야요."

역시나였다.

태생부터가 불같은 성정을 지닌 데다 평생을 통해 세뇌되어 온 고집불통의 성격이 더해지자, 마치 불난 집에 기름을 퍼부은 격이 된 오격식은 이상철이 말릴 사이도 없이 튕기듯 뛰쳐나왔다.

그런데 바닥이 미끄러운 눈이어서 마음과는 달리 비틀했다.

하지만 감성이 이성을 잡아먹어 버린 상태라 화를 삭이지 못한 오격식이 재차 땅을 박찼다.

파팟!

투기 하나만큼은 누구에게도 뒤지지 않을 것 같은 격한 몸놀림이었다.

전신은 단번에 살기로 무장됐다.

온몸이 흉기라는 뜻이겠지만 담용의 생각은 전혀 달랐다.

몸은 젊은데 마음은 세뇌에 삭아 버린 암세포가 주렁주렁 매달린 몸뚱이일 뿐이란 것.

"타앗!"

오격식이 기합성을 내지르며 3미터 앞에서 점프를 했다.

입을 앙다문 채, 오른 주먹에 힘이 잔뜩 들어간 걸로 보아 일격에 요절을 내 버리려는 의도다.

그러나 담용의 매 같은 눈빛은 냉정함을 유지하고 있었다.

나디가 눈에까지 분배된 덕이었다.

고로 오격식의 몸놀림 하나하나가 훤히 들어왔다.

훈련이 얼마나 빡 셌는지는 도약력 하나만 봐도 알 수 있었다.

눈밭임에도 족히 담용의 키만큼 떠올라 덮쳐 오는 오격식이다.

담용은 차크라를 끌어 올려 양손에 나디를 덧씌웠다.

오격식의 상체가 먼저 다가들었다.

"뒈져랏!"

내뱉듯 외치는 오격식의 말에 내심으로 살념이 불끈 이는 담용이었다.

'이건 뭐…….'

저렇듯 무지막지하게 내리꽂으면 제아무리 낙법에 통달했다고 해도 충격을 면치 못할 것 같았다.

자신을 돌보지 않는 공격 일변도는 1격만 있을 뿐 2격은 없다는 의미였다.

'아, 눈밭이라 넘어져도 안전할 것이란 건가?'

어쨌든 일격 필살의 험악함이 느껴졌다.

오격식은 이미 한껏 뒤로 젖힌 주먹을 전광석화같이 내지르고 있었다.

슈욱!

슬쩍 피해 버릴까도 생각해 봤지만 뭔가 본보기가 필요할 것 같다는 생각에 담용은 지척에 이르렀을 때, 주저 없이 왼손을 쫙 펼쳐 내질러 오는 주먹을 슬쩍 쳐 냈다.

퍽!

그것만으로도 충분했던지 오격식의 돌진은 힘을 잃고 말았다.

허공에 뜬 오격식의 몸이 순간적으로 기우뚱하면서 방향을 잃고 살짝 틀어졌다.

때를 같이하여 담용의 오른 주먹이 오격식의 관자놀이를 스윙하듯 후려쳤다.

뻐억!

"컥!"

단말마의 비명이 터져 나옴과 동시에 '뿌걱' 하는 소리가 났다.

뼈가 부러지거나 함몰되는 소리가 틀림없었다.

돌진해 올 때보다 더 빠른 속도로 공깃돌처럼 날아간 오격식이 머리부터 눈밭에 푹 처박혔다.

　정신이 있었다면 차가움에 본능적으로 발버둥을 칠 법도 하건만 미동도 없다.

　한마디로 즉사한 것이다.

　그것도 눈을 두서너 번 깜빡할 사이에 일어난 일이었다.

　'허억!'

　이상철은 일수유간에 벌어진 일에 헛바람도 토해 내지 못하고 꿀꺽 삼켜 버렸다.

　눈은 있는 대로 휩뜨고 담용과 처박힌 오격식을 번갈아 쳐다보는 얼굴은 경악한 표정이었다.

　그럴 것이 계급이 깡패라 부하인 것이지 격투기라면 서로 엇비슷했기에 놀람은 더 크게 다가왔던 것이다.

　더도 덜도 아닌 단 한 방.

　굳이 살피지 않아도 그 한 방에 오격식이 즉사했음을 알았다.

　치명적인 한 방은 먹일 수 있어도 절대로 저렇게 할 능력은 없는 이상철이었다.

　자신의 신체가 상대보다 월등하다고 해도 과연 그럴 수 있을까?

　당연히 도리도리다.

　암수?

그 역시 아니었다.

눈앞에서 빤히 보고 있었지 않은가?

이를 대변이라도 하듯 상대는 여전히 팔짱을 낀 채 태연한 모습이다.

여태껏 이런 상대를 본 적도 만난 적도 없었다.

자연 이상철의 입에서 나오는 게 상대의 정체를 묻는 말이었다.

"누, 누구냐?"

"홋! 나?"

"여, 여기 또 누가 있나?"

그러지 않으려고 해도 계속 말이 떨려 나왔다.

"그렇군. 난 대한민국 국정원 요원이다."

"뭐이? 구, 국정원? 그, 그럴 리가 없다!"

이상철은 지난 8년 동안 국정원 요원들과 수도 없이 상대해 왔던 차였다.

그런데 이런 가공할 만한 상대는 결단코 보지 못했다. 고로 그것이 사실이라도 결코 믿고 싶지 않았다.

"못 믿는다면 어쩔 수 없지. 근데 추적해 온 목적을 잊은 건 아니겠지?"

"흥! 그럴 리가!"

"그냥 가게 순순히 놔주지는 않을 테고…… 어쩔래?"

올 테면 빨리 오라는 식으로 말하는 담용의 말투에 이상철의 입꼬리가 비틀렸다.

비릿한 웃음.

힘과 기술로 안 된다면 남은 방법은 한 가지밖에 없었다.

좀처럼 쓸 일이 없을 것이라 여겼건만 지금은 아니었다.

"정 죽기를 소원한다면…….."

말을 채 맺기도 전에 재빨리 권총을 빼낸 이상철이 곧바로 발사했다.

탕! 탕! 탕!

토카레프가 연사로 불을 뿜으면서 벌판에 굉음을 울렸다.

"캬악!"

비명은 엉뚱한 데서 터져 나왔다.

총성에 깜짝 놀란 옥분이가 내지른 소리였다.

'흥, 어림도 없는 짓.'

담용은 놈이 권총을 사용할 것이라 짐작했던 터라 방아쇠를 당기기 전에 이미 차크라를 한껏 끌어올려 사이킥 배리어로 전면을 방어했다.

사이킥 배리어 역시 사이킥 맨틀과 마찬가지로 염동장막이란 수법이었지만 차이가 있었다.

사이킥 맨틀이 넓은 지역을 방어하는 광역 장막이라면, 사이킥 배리어는 좁은 지역 혹은 일부분만을 방어하는 협역 장막이란 것.

여기에 일장일단이 있었다.

넓은 지역을 방어하는 사이킥 맨틀의 장막이 옅을 수밖에 없다면 사이킥 배리어는 방어 지역이 좁기에 그만큼 두껍다는 점이었다.

담용은 이를 과감히 실험하기로 마음먹었었다.

바로 2차 각성을 한 것이 원인이었다.

텅텅텅.

사이킥 배리어에 부딪친 총알이 마치 쇠북을 두드리는 것처럼 들렸다.

'세 발.'

토카레브의 장탄 수가 총 여덟 발이니 이제 다섯 발 남았다.

"헉! 뭐, 뭐이야?"

이상철은 세 발을 연사로 쐈어도 끄떡없이 서 있는 담용을 보고는 마치 얼음물을 물동이째 뒤집어쓴 듯 기함을 했다.

주춤주춤.

마치 괴물을 본 듯이 이상철은 자신도 모르게 뒷걸음을 치더니 뒤를 힐끔힐끔 돌아보았다.

오격식의 일도 그렇고 총알도 통하지 않는 상대가 자신으로서는 결코 당적하지 못할 철벽처럼 느껴져 생애 처음으로 공포를 느껴 달아날 궁리를 한 것이다.

5미터 거리에서 발사한 총탄도 먹히지 않는 상대라니!

실로 듣도 보도 못한, 아니 상상조차도 하지 못한 일이 눈앞에서 버젓이 벌어지고 있다니!

지금은 북한 특수부대 출신이고 뭐고, 북한의 정예 공작원이고 뭐고, 탈북자들의 도살자고 뭐고 아무런 소용이 없었다.

상대의 가공할 능력 앞에 자존심은 이미 흔적도 없이 사라져 버렸다.

그저 공포만이 가득 가슴을 짓누를 뿐.

오히려 지금은 이 순간, 심장이 목구멍을 뚫고 튀어나오지 않는 것이 더 이상했다.

스슥. 스슥.

눈이 쓸리는 소리에 깜짝 놀란 이상철이 한 발씩 다가오는 담용을 보고는 다시 총구를 겨누었다.

"거, 거기 서라우!"

탕탕탕탕탕. 철컥. 철컥. 철컥.

이미 패닉에 든 이상철이 공포에 절은 나머지 총알을 다 소진하고도 정신없이 방아쇠를 당겨 댔다.

"으으으…… 아아아……."

갑자기 벙어리가 되어 버렸는지 말도 제대로 못 하고 버벅대던 이상철이 담용을 향해 권총을 냅다 집어 던지고는 정신없이 달아나기 시작했다.

그도 그럴 것이 자신이 알고 있는 상식 이상의, 아니 도무지 감당이 안 되는 미증유의 능력 앞에 삼혼칠백이 산산이 흩어진 때문이었다.

싸우고자 하는 투지가 썰물처럼 빠져나간 이상철은 탈북자에게 그토록 잔인했던 심성도, 열병처럼 앓고 있던 수령에 대한 충성심도 지금은 까마득히 잊고 도주만이 뇌리에 가득했다.

원래 심성이 잔인한 놈일수록 생명에 대한 애착심도 강한 법.

또한 태생적으로 생성된 심약한 심성을 가진 사람일수록 눈에 드러나도록 잔인하게 발악하는 것으로 나약함을 포장하는 경우가 더러 있었다.

그러나 이들은 항거할 수 없는 상대를 맞았을 때, 급격히 나약해지고 비굴해지는 경향이 있었다.

이상철이 딱 그랬다.

그러나 동기가 어떠했든 그동안 저지른 죄악을 용서해서는 안 된다.

이제 그에 대한 대가를 치를 차례였다.

담용은 도주하는 이상철을 향해 사이킥 캐넌을 날리기 위해 차크라를 운기하려다가 포기했다.

이유는 2차 각성을 이룬 후, 그 힘을 조절하기 쉽지 않아 자칫 이상철을 어육으로 만들어 버릴지 몰라서였다.

그 대신 박양수의 쇠막대기를 집어 든 담용이 지체 없이 내던졌다.

푹!

쇠막대기는 막 발을 떼려는 이상철의 발뒤꿈치에 박혔다.

"악!"

철퍼덕!

새된 비명을 지른 이상철이 앞으로 고꾸라졌다.

처벅. 처벅.

바쁠 것 없다는 듯 걸어간 담용이 일어나려고 용을 쓰는 이상철의 등을 짓밟았다.

"윽!"

"어이, 족제비, 고통스러우냐?"

"으으으……."

"이제 그동안 네놈 손에 잔인하게 죽어 간 사람들의 고통에 대한 대가를 치를 차례다. 각오는 됐겠지?"

그 말이 끝나는 순간, 사정을 봐줄 이유가 없는 담용의 발길질이 가차 없이 가해졌다.

각오.

그 안에는 수많은 의미가 내포되어 있었다.

담용의 발길질은 그 시작이었다.

뻐억!

"크윽!"

엎드려 있던 이상철의 몸이 벌러덩 뒤집어졌다.

뻑! 뻐억! 뻑! 빠악! 빡!

"아악! 크악! 끄윽. 꺽! 꺼으⋯⋯."

무자비한 구타가 수도 없이 이어짐에 따라 이상철의 비명 소리도 갈수록 힘을 잃어 갔다.

그렇게 한동안 구타는 더 이어졌다.

새우처럼 잔뜩 웅크린 이상철의 눈은 퉁퉁 부어올라 눈이 보이지 않았고, 입술은 짓이겨져 늘어진 해파리 같았다.

"끄으⋯⋯ㅇㅇㅇ⋯⋯."

마침내 눈을 까뒤집고 전신을 덜덜 떨어 대던 이상철이 사지를 축 늘어뜨렸다.

죽음의 문턱에 와 있는 이상철을 보고서야 담용의 구타가 멎었다.

그때, 처벅거리는 소리에 담용이 뒤돌아보니 조정례가 다가왔다.

그녀의 뒤로 박양수가 따랐고 옥분이는 두 사람에게서 단단히 주의를 받았는지 다가오지 못하고 돌무더기에서 머리만 삐죽 내밀고 있었다.

"그, 그놈은 나와 많은 사람들에게 원한이 가슴에 사무친 원숩네다. 복수하게 해 주시라요."

"⋯⋯!"

조정례의 얼굴에서 그녀의 말대로 골수에 사무친 원한이 뭉클뭉클 피어오르고 있었다.

애써 이성을 다잡는 기색이 역력한 조정례의 손에는 시퍼렇게 날이 선 대검이 들려 있었다.

조정례의 복잡한 시선을 느낀 담용이 고개를 끄덕이며 뒤로 물러섰다.

자신이야 딱히 직접적인 원한이 있었던 것이 아니어서 조정례가 마지막을 장식하는 것도 괜찮다 싶었다.

"심정은 알지만 시간을 너무 끌지는 마시오."

"고맙습네다. 옥분이를 좀…….."

자신의 잔인함을 보여 주기 싫었던 조정례의 부탁이었다.

"알았소."

공손히 고개를 숙여 보이는 조정례를 뒤로한 담용이 박양수를 지나쳤다.

"괘, 괜찮소?"

아직도 놀란 마음이 가시지 않은 박양수의 말투가 살짝 떨렸다.

표정은 지금의 현실이 당최 믿기지 않는 듯한 기색이 역력했다.

들판을 울리는 수차례의 총성에도 멀쩡한 모습이라니.

더하여 도살자라고 불리던 북한 공작원을 처참하게 짓이겨 버린 상황 역시 현실처럼 여겨지지 않는 표정이었다.

잠시나마 믿지 못하고 불신했고, 숨죽이며 불안에 떨었던 자신이 부끄러웠다.

"괜찮아요."

짤막하게 대꾸하고는 박양수를 지나 옥분이에게로 다가갔다.

"으아아아악!"

이상철의 처절한 비명이 귀를 때렸다.

"많이 놀랐어?"

끄덕끄덕.

정신없이 고개를 끄덕인 옥분이가 겁먹은 얼굴로 담용의 손을 잡아 왔다.

발악과도 같은 비명이 들려오는 것이 신경 쓰였던지 시선을 그쪽으로 자꾸 돌리는 옥분이를 슬쩍 가리며 돌무더기 뒤로 데려갔다.

"우리 같이 돌을 좀 덜어 낼까?"

"예? 왜요?"

"춥지 않아?"

"추워요."

"움직이면 추위가 좀 덜할 거야."

담용이 눈을 쓸어 내기 시작했다.

수북이 쌓인 눈을 쓸어 내자, 예상한 대로 아무렇게나 쌓아 놓은 듯한 돌무더기가 나왔다.

그때부터 크고 작은 돌을 부지런히 덜어 내기 시작했다.

두 사람을 표가 나지 않게 묻어 버리려면 제법 많은 양을 덜어 내야 했다.

봄이 와서 눈이 녹더라도 사체 냄새가 나는 여름까지는 발견하지 못할 것이다.

아마 그때쯤이면 이들은 한국에 있을지도 몰랐다.

"아바이."

"나, 아저씨 아니다."

"결혼 안 했습네까?"

"응, 서른 살도 안 됐다."

"좋아하는 사람은 있습네까?"

"하핫, 그걸 왜 알려고 그러냐?"

"헤헷, 그냥요."

"짜식, 싱겁기는……."

잠깐의 대화로 옥분이와 조금 더 가까워진 기분이었다.

"그럼 오빠라고 불러도 됩네까?"

"나야 조오치."

"히힛, 힘들게 이걸 왜 하는 겁네까?"

"쓸 일이 있으니까 하지."

"저도 더 거들겠습네다."

"손 시리니까 놔둬. 이제 혼자 해도 돼."

"일없습네다(괜찮습니다)."

소매를 동동 거둬 붙이는 시늉까지 한 옥분이가 일을 거들며 물었다.

"오빠, 남조선에 거지가 드글드글합네까?"

"누가 그래?"

"그렇게 배웠습네다."

"가 보면 알겠지만 발을 딛는 순간, 전부 거짓말이란 걸 알 거다."

"에? 정말입네까?"

"가 보면 들통 날 게 뻔한데 거짓말할 이유가 없잖아?"

"히히힛, 길긴 하디요."

"거지는 없는데, 노숙자들은 더러 있어."

담용은 말해 놓고도 거지와 노숙자가 뭐가 다른지 헷갈렸다.

남의 것을 그저 얻어먹고 사는 건 거지나 노숙자나 다를 게 없어서였다.

"노숙자가 뭡네까?"

"글쎄다. 그냥 이런저런 사연이 많은 사람들이 피치 못할 사정에 의해 거리로 나왔다고 보면 된다."

"에? 몬 말인지 잘 이해가 안 갑네다."

'에구.'

한국으로 건너가 살 생각을 하는 옥분이 입장으로서야 궁금한 게 어디 한두 가지겠냐만, 지금은 그런 한가한 얘기를 할 때가 아니어서 담용이 곤혹스러운 표정을 자아냈다.

'그러고 보니 한국으로 무사히 넘어가는 것도 일이로군.'

탈북자들의 핵심은 거기에 있었지만 결코 쉽지 않은 일이

기도 했다.

어쩌면 거기까지 간섭해야 할지도 모르겠다는 생각이 들자 꼭 발목을 잡힌 기분이 드는 담용이었다.

그러고 보니 탈북자들을 한국으로 어떻게 데려갈 계획인지에 대해서는 뤄시양에게 들은 바가 없다는 것을 알았다.

'뭐, 계획이 있겠지.'

국정원 요원이 신분을 드러내면서까지 적극적으로 탈북자들을 도울 수는 없다.

이는 중국과의 외교 문제도 있었지만 더 중요한 건 남북 간의 정상회담으로 인해 화해 무드를 타고 있는 작금의 관계에 영향을 끼칠 우려가 있어서였다.

그래도 박양수 목사 같은 사람들을 암암리에 보조해 주고 나아가 탈북자들이 한국으로 갈 수 있는 루트를 제공하는 일은 가능했다.

'끝났나 보군.'

이상철의 비명이 들리지 않았다.

돌을 한쪽으로 모으고 있던 담용이 처벅거리에 소리에 돌아보니 박양수였다.

"아!"

돌무더기를 덜어 내고 있는 것을 본 박양수가 그 이유를 알았는지 다시 걸음을 되돌렸다.

잠시 후, 박양수와 조정례가 이미 시체가 되어 버린 이상철과 오격식을 질질 끌고 왔다.

　담용이 옥분이의 손을 잡고 끌었다.

　"옥분아, 우린 먼저 가자."

　"네."

　비록 체구는 어린애처럼 보이지만 이미 열여섯 살인 옥분
이는 지금이 어떤 상황인지 알 건 다 알아 순순히 따랐다.

BINDER
BOOK

사전 답사

10월 27일 새벽 1시, 선양 랴오중구 북방 20킬로미터 지점.

선양군구 무장 경찰 제119사단이 위치한 곳이다.

방딩아파트에서의 임무를 끝낸 담용은 제대로 쉴 새도 없이 내달려 와 지금은 무장 경찰 사단사령부가 내려다보이는 야산의 바위틈에 몸을 숨기고 있었다.

야산은 부대와 멀찌감치 떨어져 있었다.

그 이유는 부대 주변에 몸을 숨길 만한 적당한 장소도 없었지만, 그보다는 부대 밖에도 뤄시양의 말대로 이동 초병들이 순시를 하고 있어서였다.

담용이 무경 제119사단을 찾은 것은 당연히 둥강 앞바다에서 벌어지는 북한 무기 밀수 사건에 쓸 폭약을 훔치기 위한 사전 답사차였다.

그야말로 눈앞에 보이는 불빛을 제외하고는 달빛 한 점 없는, 마치 먹물을 잔뜩 뿌려 놓은 것 같은 암흑의 밤이다.

때를 맞췄는지 오늘이 정확히 그믐날이라 더 그랬다.

그러나 아직 폭설의 잔재가 그대로 남아 있어 지면은 암흑을 희뿌옇게 몰아내고 있었다.

담용은 이것이 잠입하기에는 더 알맞은 분위기라 여겼다.

그 때문에 눈[雪]과 동화되기 위해 뭐시양이 준비해 준 설상복을 입고 있었다.

등에 멘 등 가방까지 하얀 천으로 감싼 상태다.

119사단 사령부를 바라보던 담용이 가장 먼저 발견한 것은 부대 내부를 밝히며 일정한 속도로 반원을 그리고 있는 불빛이었다.

'쩝, 서치라이트까지…….'

그것도 두 대나 되어 양쪽에서 서로 마주 보며 비추고 있었다.

담용은 자신이 마치 2차 대전 당시의 독일군 비밀 요새를 탐문하는 첩보원 같다는 생각이 들었다.

한데 정작 담용을 놀라게 한 건 한눈에 잡히지 않는 엄청난 규모의 부대라는 점이었다.

절로 입이 딱 벌어졌다.

'헐. 대단한 규모로군.'

무경의 정식 명칭은 인민무장경찰부대.

말이 좋아 경찰이지 이건 그냥 군사 조직이다.

뭐, 때로는 경찰 업무도 병행한다지만 유사시는 군사력으로 활용하기 위한 전천후 군대 같다.

'쯧, 집단군과 다를 게 하나도 없군.'

기실 무경은 본시 국무원 산하의 공안부 소속이나 육해공 부대와는 별도로 무경총부라는 자체적인 독립 조직에 속했다.

즉, 중국의 3대 무장력 중 하나인 것이다.

나머지는 인민해방군 및 예비역 부대(민병)였다.

뤄시양의 말을 빌리면 무경은 중국 정권 유지에 없어서는 안 될 선봉 부대라고 했다.

그래서인지 무경의 주둔 배치도를 보면 거의 국경에 밀집되어 있었다.

이곳 동북 3성과 티베트 그리고 위구르에 주로 주둔하고 있는 국경 경비대인 것이다.

아울러 이런 규모의 부대가 훈난구에 또 있었다.

북한과 인접한 단둥에는 당연히 존재했고, 그곳에는 위화도 상륙 훈련을 상시로 하고 있다고 들었다.

역할은 치안을 맡은 공안과는 확연히 달라서 유사시 군사력으로 활용할 수 있도록 체계화된 준군사 조직으로, 시위나 폭동 진압, 대테러 작전, 주요 지도자 경호, 국가 주요 시설 경비 등의 임무를 수행한다.

그렇지만 눈앞의 규모만 보면 그 이상인 것 같다.

'장갑차와 탱크에 대포라…….'

어림잡아도 수백 대는 됨직한 탱크와 장갑차 그리고 대포가 사각 대열을 갖추고 있는 모습은 장관이기까지 했다.

녹색 탱크는 척 봐도 러시아제 T-80이었다.

T-90에 비하면 역시 구형 모델이다.

녹색 얼룩무늬 중국 장갑차는 모델이 뭔지 잘 모르겠다.

차크라의 나디로 안력을 돋운 담용의 눈은 야시경보다 더 밝았던 덕에 소소한 부대의 전경까지 고스란히 들어왔다.

위병소, 부대 막사, 식당, 지휘소(HQ), 초소, 감시탑, 차고지, 유류 탱크, 창고, 무기고, 연병장 두 곳 등을 차례로 살펴본 담용의 시선이 탄약고에 머물렀다.

하지만 탄약고라고 여기기에는 너무나 컸던 탓에 확신할 수가 없었다.

'저게 탄약고일 리가 없지. 무기고라면 모를까.'

3층, 2층, 3층, 2층, 1층.

이런 식으로 건물과 건물을 맞물려 놓은 듯한 건물의 규모에 담용은 내심 기가 질렸다.

만약 무기고라면 잠입해서도 한동안 미로처럼 헤매야 할 것 같은 기분이 들었다.

그런 만큼 다른 곳은 다소 느슨한데 비해 건물의 경계는 삼엄하기 짝이 없었다.

'헐, 저게 전부 무기고라면 중국의 무기란 무기는 죄다 여기 모아 놓은 건가?'

그만큼 건물의 규모는 거대했다.

담용은 잠입 루트, 즉 진입 동선을 그려 보며 뤼시양의 말을 다시 한 번 떠올렸다.

─이번 공안국 폭발에 119사단만 동원됐고 116사단은 그 자리를 지키고 있다는 정보입니다.

부대가 비어 있다는 말은 들었지만, 한밤중이라 그런지 더 북적거리는 기미가 보이지 않았다.

지금은 보초들 외에는 한참 꿈나라를 헤맬 시간이었다.

그런데 보초의 숫자가 많은 것으로 보아 병력이 출동한 것 같지가 않았다.

훈련이든 어떤 사유로든 부대 병력이 출동했다면 부대에 남은 잔류병들은 간섭하는 지휘관이 없다는 생각에 정신이 다소 해이해지기 마련이다.

그런데 누가 봐도 그런 기미나 느슨한 낌새가 없었다.

'정보가 잘못됐나?'

담용의 이맛살이 살짝 찌푸려졌다.

기실 담용이 이곳으로 온 이유는 부대가 비어 있다는 것보다 인명 피해를 최소화하려는 의도가 더 컸다.

이는 폭약을 훔치는 것은 물론 상황을 봐서 가능하다면 공안국처럼 폭파시킬 마음을 먹어서였다.

수많은 병사들의 희생을 우려한다고?

천만의 말씀.

군인으로 나선 이상 자신이 있는 곳이 전쟁터였든 아니든 언제든 상대를 죽일 마음이 있는 것이고 또 상대에게 죽을 수도 있는 처지인 것이다.

첩보원 또한 마찬가지인 것은 임무에 성공해도 죽을 수 있고 실패해도 죽을 수 있는 신세이기 때문이다.

그러니 결코 개도 안 물어 갈 값싼 동정심이 우러나서 할 생각이 아닌 것이다.

만약 잔류 병력이 폭발에 휩쓸린다면 그것은 어쩔 수 없는 일이었다.

다만 한 가지, 애먼 민간인이 피해를 입는 것은 아무리 적국이라도 사양이었다.

다행히 부대 주변에 민가도 없고 인적도 드물어 대폭발이 발생해도 민간인에게 피해를 끼치지 않아서 좋았다.

뭐, 죄 없는 민간인의 피해는 극도로 꺼리지만 동북공정의 선봉 부대 역할을 할 군대는 최대한 피해를 입히자는 것이 담용의 생각인 건 변함이 없었다.

이외에도 중국에 대한 적대감을 일일이 거론하면 이유는 수없이 많다.

근대에 들어 사사건건 북한을 끼고 돈다는 것도 그렇지만 특히 6.25 당시의 중공군 참전은 대한민국을 비탄에 젖게 하지 않았던가?

일로 북진하던 국군이 마침내 압록강의 물을 마시며 환희에 찰 무렵, 중국의 참전은 그야말로 수많은 죽음을 야기했다. 또 나아가 반세기가 훌쩍 넘도록 대한민국을 동강 나게 한 뼈아픈 역사적 사건의 계기가 됐다.

용서하려야 용서가 되지 않는 역사적 원흉이 바로 중국인 것이다.

그런 억울한 일을 당하고도 강대국의 처분만 바라야 했던 게 대한민국의 처지이니, 약소국의 비참함이 어떤지를 뼈저리게 느낄 수 있다.

고로 그 어떤 명분으로도 용서할 수 없다는 것이 담용의 지론으로, 기회가 온다면 언제든 반복할 각오가 되어 있었다.

공안국 폭발이야 공안들의 눈을 돌릴 의도로 한 짓이었지만 이제부터는 달랐다.

물론 중국 당국이야 대한민국의 한 젊은이가 그런 마음을 지니고 저지른 일이라고는 꿈에도 생각지 못할 것이다.

한데 마음이야 굴뚝같지만 웬 만큼의 폭약으로는 어림도

없을 것 같은 규모다.

건물 구조상으로도 연쇄 폭발이 일어날 것 같지가 않았다.

'쩝, 막대한 타격을 주기엔 어려울 것 같은데……..'

그래도 한 가지 정도는 유추할 수 있었다.

이곳이 동북 3성에 배치된 동북 군구의 무기고라는 사실을 말이다.

그게 아니라면 말이 안 된다.

동북 군구는 중국인민해방군 핵심 주력이다.

한국전쟁 당시 참전한 중공군도 동북 일대를 관장하는 중국 제4야전군이었으니 말이다.

아울러 수시로 압록강 도하 훈련을 실시하는 군대도 동북 군구였다.

이 모두 북중 혈맹이란 이유 때문이었다.

고로 붐 챔버bomb chamber(폭탄 적재실)가 존재한다고 해도 이상한 일은 아니었다.

폭파가 쉽지 않겠지만 욕심은 났다.

문득 뇌리로 떠오른 것은 폭파를 시켰다가 폭발 반경을 벗어나기 어려울지도 모른다는 생각이었다.

자칫하다간 공안국에서의 꼴이 날지도 몰랐다.

기폭 장치의 유효 거리가 그리 길지 않아 내달리면서 눌러야 하기에, 만약 벙커버스터나 열화우라늄탄 등이 쌓여 있다면 목숨을 장담하기 어려웠다.

방법을 달리하거나 아니면 포기할 수밖에.

탄약고 폭파는 하나의 수단일 뿐이지 목적이 아니니 말이다.

담용은 문득 자신이 우습다는 생각이 들었다.

'푸훗! 잠입하기도 전에 터트릴지 말지를 미리 고민하고 있다니.'

일단 가 보고 결정하기로 한 담용의 시선에 들어온 것은 담장은 물론 내부까지 빙 둘러싼 철조망이었다.

'철조망이 엄청나네.'

윤형 철조망으로 각 창고는 물론 담장 위와 바깥에까지 두 겹 세 겹 아예 도배를 해 놨다.

거기에 담장을 따라 감시탑 초소도 대략 50미터마다 설치되어 있었고, 2인 1조의 초병이 서 있었다.

뭔 비밀이 그리도 많은지 빈틈이 없어 보였다.

부대가 출동했다는 말이 거짓말처럼 느껴졌다.

'어디 자세히 좀 볼까?'

부대 밖에까지 초병을 운용하고 있어 담용이 있는 언덕은 꽤 먼 거리였고, 목표물인 무기고인지 확실해야 했기에 담용의 눈빛이 더 빛을 발했다.

먼저 무기고로 보이는 건물의 위치와 형태부터 자세히 살폈다.

무기고의 특징은 탄약이란 위험성으로 인해 당연히 막사

와 동떨어져 있다. 그리고 일반 창고와는 달리 출입문을 제외하고는 환기와 통풍을 위한 조그만 창문밖에 없는, 조금은 무식하게 지어진 건물이다.

눈앞의 창고가 딱 그랬다.

그리고 엄청 컸다.

'이상한데?'

나디를 조금 더 주입해 안력을 배가시켰다.

'증축한 건가?'

그것도 근자에 들어 건물을 수배나 더 확장시킨 것 같아 보였다.

원래는 앞쪽의 1층만이었던 것을 뒤쪽으로 건물을 달아내 무려 3층 높이까지 증축한 모습이다.

무경 1개 사단이 사용하기에는 과도하다 싶은 크기의 무기고.

절대 총알 따위나 보관하는 탄약고의 규모가 아니었다.

초병 역시 다른 건물보다 배나 더 배치되어 있다는 것도 규모와 무관하지 않은 듯했다.

그런데 이곳은 말이 동떨어진 것이지 배치상 가장 안전한 장소 같아 보였다.

무기고로 보이는 전면은 50미터가량 잔디밭이라 몸을 은닉할 만한 곳이 단 한 군데도 없었던 것이다.

게다가 전후좌우 모든 곳에서 바라볼 수 있는 위치가 아닌가?

그런 점이 심하게 거슬린 담용이 무기고 주변을 주욱 둘러보았다.

'무기고가 확실하군.'

건물의 구조상 다른 곳은 무기를 보관할 만한 곳이 없었다.

관찰의 반경을 조금 더 넓혀 보았다.

일순 담용의 눈에 이채가 어렸다.

'어라?'

무기고 뒤로 시커먼 절벽이 시선에 잡혔던 것이다.

부대의 규모에만 정신이 팔려 어둠 속에 웅크리고 있는 거대한 절벽을 미처 발견하지 못했던 것이다.

따라 올라가 보니 끝이 보이지 않을 정도로 높았다.

절벽 꼭대기의 공제선이 희끄무레해지는 걸 느낄 즈음 담용의 목은 이미 직각으로 꺾여 있었다.

'하!'

담용이 입이 다시 한 번 쩍 벌어졌다.

천혜의 요새라면 이를 두고 한 말일까 싶었다.

아, 냉병기 시대나 2차 세계대전 시절이라는 전제하에서다.

첨단 무기들이 발달한 현 시대에서는 천혜의 요새라는 말은 별로 맞지 않다.

'바위가 절묘하게 생겼네.'

절벽 윗부분이 비스듬히 튀어나온 것이 처마바위를 연상케 했다.

머리 부분 외에는 마치 쇳덩이를 천하의 명검으로 싹둑 잘라 놓은 금성철벽 같다.

어림잡아도 족히 6백에서 7백 미터는 될 법한 높이.

뭐, 잡초 특유의 끈질긴 근성이 어디 가는 것은 아니었던지 군데군데 자라 있었고, 소소한 크기의 나무들도 척박한 바위틈에 드문드문 뿌리를 내리고 있긴 했다.

그렇다곤 해도 그 누가 보더라도 절벽을 통해 침입하기는 불가능한 구조였다.

설사 마음을 먹었더라도 절벽 꼭대기까지 가기도 어려울 것 같았다.

이유는 절벽 주변에 호위하듯 첨탑처럼 삐죽삐죽한 촛대 봉들만 경쟁하듯 수두룩하게 솟아 있어서였다.

즉, 산등성을 타고 오를 만한 완만한 산줄기가 보이지 않는다는 것이다.

그래서인지는 몰라도 무기고 후방은 보초조차 세우지 않고 있었다.

그렇다면 정면과 좌우 측면의 보초만 처리하면 된다는 얘기.

문제는 성가신 담장 감시 초소와 담장 밑에서 저울추처럼 일정 거리를 왔다리, 갔다리 하면서 다른 지역의 초병과 마주친 뒤 제자리로 되돌아오는 것을 반복하고 있는 이동 초병들이었다.

즉, 동초로, 침입자들에게는 성가신 존재가 아닐 수 없다.

무엇보다 무기고로 잠입하기에는 곳곳에서 보는 눈들이 너무 많다는 것.

고스트 트릭으로 잠입한다고 해도 성공률은 희박할 것 같은 기분이 들었다.

반대로 잠입하기만 하면 나오는 것은 보다 수월하다는 것.

왜냐면 보초들의 시선이 전부 바깥으로 향해 있어 움직이기 한결 편했던 것이다.

단, 지역마다 한 마리씩 거느리고 있는 경비견은 주의해야 했다.

'시간이…….'

새벽 1시 20분을 조금 넘겼다.

담용은 자신의 듀얼 시계를 조작해 스톱워치로 바꾸었다.

동초가 움직이는 시간을 계산하기 위해서였다.

당장 써먹기보다 어디까지나 참고용이었고, 침입 루트나 탈출 루트를 정하는 것 역시 나중 문제였다.

꾹.

1초, 2초, 3초…… 11초.

여기서 시선을 마주한 동초들이 돌아섰다.

그리고 12초…… 21초…….

또다시 반대편 동초와 마주한 보초들이 돌아서는 순간, 스톱워치를 눌렀다.

꾹.

'22초로군.'

시계를 다시 정상적으로 변환시킨 담용이 이번에는 유류고를 살폈다.

연병장을 가로질러 반대편에 뚝 떨어져 있는 유류고 역시 탄약고와 진배없는 경비 시스템이었다.

역시나 무기고처럼 출입구는 단 한 군데였고, 별도의 윤형철조망으로 둘러싸여 있는 모습이다.

그나마 오리발이 보관되어 있을 것으로 보이는 창고의 건물은 조금 덜했다.

담용은 그 밖의 부대 배치에 대해 세세히 살피면서 눈 감고도 찾을 수 있을 만큼 뇌리에 각인시켰다.

쏙쏙 각인되는 것이 이전과는 사뭇 달랐다.

아쉽게도 여섯 번째 차크라에 진입하기 직전 뤄시양이 문을 열고 들어오는 소리에 그만 2차 각성이 중단됐지만, 그것만으로도 이능異能은 차고 넘쳤다.

기억력 또한 타의 추종을 불허할 만큼 좋아진 것 같았다.

아니, 두려울 정도로 능력이 한층 업그레이드됐다.

그런 탓에 아직은 그 모든 것들이 몸에도 손에도 익지 않앉고, 습관에 익숙해지지도 않아 오히려 조절하는 데 애를 먹을 정도였다.

마치 뜨거운 피가 끓다 못해 폭주할까 두려운 것처럼.

고로 잠입하는 것은 전혀 문제가 되지 않는다.

지금은 외려 엉뚱한 염려가 들 뿐이다.

'폭약이 충분했으면 좋겠군.'

그 어떤 폭약이라도 기폭 장치(신관)만 있다면 상관없었다.

아, 당연히 세트를 구성하는 원격 장치도 있어야 된다.

특전사 시절 그 어떤 종류든 신물이 나도록 다뤄 봤으니까.

'그래도 C4가 있다면 금상첨화겠는데……'

C4는 본시 Composite 4의 약자로 '폭약'만을 가리키는 용어로서 군용 플라스틱 폭약을 가리켰다.

그 위력 역시 다이너마이트보다 약 1.5배 가까이 더 강했다.

더구나 다루기 위험천만한 다이너마이트에 비해 안정성이 매우 뛰어나 기폭 장치 없이 절대 폭발하지 않는다는 것과 가소제라는 게 섞여 있어 형태 변이가 용이하다는 점 또한 장점이었다.

여기에 유지나 왁스를 혼용한다면 상황에 따라 원하는 모양까지 만들 수 있었다.

현재 공병용 폭약이나 포탄의 장약으로 사용되는 것도 그런 이치에서였다.

즉 C4란 폭발 물질을 뜻하는 것이지 일정한 형태를 가지고 있지 않다는 것이다.

고로 무기고에 C4가 존재한다면 기폭 장치는 물론 유지나 왁스가 구비되어 있다고 봐도 무방했다.

세트 개념이니 당연했다.

다만 유의할 점은 장치할 때, 너무 주물럭거려서는 곤란하다는 것.

거기까지 생각한 담용의 시선이 거대한 암벽으로 향했다.

거슬린다기보다 마음이 자꾸 그쪽으로 쏠려서다.

'지금 내 능력으로서는 텔레포트라는 수법을 구현해 내기는 불가능할 테고…….'

텔레포트teleport.

초능력 책자에서 본 용어로 순간 이동 수법이다.

즉 공간을 왜곡시켜 분자 단위로 쪼개 자신이 원하는 위치로 이동하는 수법이었다.

책자에는 초능력 세계의 절대자라고 하는 앱설루트의 경지에 이르러도 요원할 것이라고만 적혀 있었다.

한마디로 그냥 그렇지 않을까 하는 에스퍼들만의 입에서 입으로 회자되는 상상 속의 수법.

담용도 모르지 않지만 2차 각성을 하고 보니 간이 많이 커졌다.

뭐, 지금은 언젠가는 그런 경지에 닿을 수 있을 것이라는 희망일 뿐이지만 말이다.

'아무래도 절벽을 이용하는 게 깔끔하지 싶은데……'

절벽으로 올라가는 거야 어찌해 볼 수 있겠건만 내려오는 게 문제였다.

밧줄을 타고 내려오는 방법도 있겠지만 당최 7백 미터가 넘는 높이를 감당할 밧줄이 있겠느냐는 것이 문제였다.

그 전에 밧줄을 이곳으로 가져오는 것조차 문제가 될 것이다.

고로 이건 패스.

'젠장. 가서 상의해 보자.'

하나보다는 둘, 둘보다는 서넛의 생각을 모으면 뭔 수라도 나오지 싶었다.

아무튼 사전 답사를 하길 잘했다는 생각이었다.

만약 아무런 준비도 없이 무턱대고 덤벼들었다면 낭패를 볼 뻔했다.

단둥시 변두리에 위치한 3층 건물.

낡고 협소한 건물 3층에 '(株)丹东物類'라고 적힌 아크릴 간판이 달린 출입문 앞에 세 사내가 섰다.

갈색 머리에 조금은 땅딸막하다 싶은 체구의 백인 사내는 CIA 선양 지부 요원인 브리트였고, 대동한 젊은이들은 머셔와 위버였다.

브리트는 마치 자기 집인 양 거침없이 문을 열고 들어섰다.

머셔와 위버가 뒤따랐다.

"여어! 웡, 오랜만이야."

"브리트! 온다는 연락은 받았어."

동양인인 것 같으면서도 어딘가 묘하게 이질적인 인상의 사내가 환하게 웃으며 소파에 걸쳤던 몸을 일으켰다.

"검문이 심했을 텐데 무사히 왔네."

"어디 하루 이틀 오가나? 대부분 아는 얼굴들이잖아?"

"하긴 자네가 우리 단둥물류의 단골손님인 걸 모르는 공안들은 거의 없지."

"쩝, 그것도 이번 일이 터지면 어찌 될지 모르겠다."

"한동안은 관계없는 것처럼 아예 나타나질 말아야 할 거야. 뒤에 있는 젊은 친구들이 자네가 말한 그들인가?"

"어, 이번 임무에 투입될 친구들이지. 서로 인사나 해."

"하핫, 반갑소. 달린 웡이오."

"머셔입니다."

"난 위버, 헤헤헷."

"자, 저쪽으로 앉아요. 커피, 아니면 티?"

"전 커피요."

"오케이. 추운 날에는 뜨거운 커피가 제격이지."

"전 빅 글라스에 가득 타 주세요."

"빅 글라스에다 커피를 타 달라고?"

"히힛, 제가 뭐든 많이 먹거든요."

"하하핫, 재밌는 친구로군. 알았소."

윙이 브리트를 툭툭 치면서 말했다.

"나 좀 보세."

"그러지."

그리 넓다고 볼 수 없는 실내였지만 간단한 요리를 할 수 있는 주방 겸 다용도실은 있었다.

행여 들을세라 윙이 속삭이듯 불평을 털어놨다.

"쟤들 뭐냐?"

"하고 싶은 말이 뭔데?"

"이봐, 나더러 아직 머리에 피도 안 마른 애들하고 일하란 말이냐고?"

"어허, 겉모습만 보고 판단하다니, 윙도 이제 다된 거야?"

"엉? 뭔 말이야?"

"알맹이를 보라는 말이지."

"젠장. 척 봐도 애송이들이잖아? 저런 체구로 힘도 쓸 것 같지 않고 말이야."

"이봐, 말조심해. 저렇게 어리숙해 보여도 쟤들 플루토 소속이라고."

"뭐? 프, 플루토!"

의외의 말이었던지 윙의 눈이 휘둥그레졌다.

윙도 플루토가 미국의 정보 조직 중 CIA보다 상위에 있는 특수 조직이라는 것을 알고 있었지만 귀족연하며 으스대는 꼴을 본 터라 별로 친하고 싶은 조직은 아니었다.

"그래, 존슨이 아무나 보낸 것이 아니란 말이다."

"플루토 요원이 중국에 올 일이 있었나? 설마하니 그토록 고고한 체 우쭐대던 애들이 고작 이런 임무 땜에 온 건 아닐 테고."

"실은 다른 일로 왔다가 존슨이 이번 임무에 투입한 거 야."

"대가는 뭐고?"

"포스를 사용하는 애들을 수배해 주는 조건이야."

"포스?"

"응. 아, 맞다. 거기에 대해서는 윙이 나보다 더 잘 알겠 네. 왜 그…… 건드리지 않았는데 사물이 부서지고 하는 기 술 말이다."

"아, 아, 그래. 기氣."

"기?"

"중국에서는 포스를 기라고 해. 여기 배꼽 밑에서 시작되 는 기운이지. 여기서는 단전이라고 불러."

"실제로 가능하긴 한 거야?"

"어렵지만 가능해. 수련도 엄청 고되지. 시간도 오래 걸리고. 고수의 경지에 이르면 우리 같은 사람 백 명이 있어도 상대가 안 돼."

"에이, 총알 한 방이면 끝나는 세상인데 굳이 힘들여서 그런 걸 배울 필요가 있나?"

전형적인 서구의 사고방식을 지닌 브리트로서는 지극히 합리적인 말이었다.

"쯧, 상대해 보지 않았으니 그런 말을 하지."

"뭐? 총알도 안 통한단 말이야?"

"글쎄. 통하지 않는다기보다 피할걸."

총기도 소용없다는 얘기.

"헐."

"그나저나 어디서부터 수배하려고 하는데?"

"베이징."

"베이징?"

"응. 아냐?"

"푸흣, 그거 누구 발상이야?"

"누군 누구겠어, 존슨이지."

"하여간 지부장님은 베이징에 모든 게 다 있을 거라고 여기는 건 여전하군그래."

"그래도 대부분 맞았잖아?"

"이번엔 잘못 짚었어. 포스의 고수라면 광저우로 가야 찾을 수 있을 거다."

"광저우?"

"트라이앵글(삼합회)의 실질적인 본부가 있는 곳이니 포스 경지에 이른 대가리(고수)들도 주로 거기에 머물고 있을 확률이 커."

"흠, 참고하지."

"주의할 게 하나 있어."

"말해 보게."

"'권폭유착'이 유독 심한 중국이라는 걸 감안해야 해."

"권력과 폭력배의 유착 말인가?"

"그렇지. 삼합회는 권력의 비호를 받고 있다고 보면 돼. 그것도 공공연하게 말이지."

"그 정도야?"

"당연해. 아마 존슨은 알고 있을 거야."

"그런 건 말해 주지 않았어."

"미래의 경쟁자인 부하에게 전부를 말해 줄 상관은 없어. 너 역시 그럴 테고."

"제길……."

"지금 공안부장이 저우캉이지?"

"그렇게 알고 있어."

"저우캉 이전의 공안부장이었던 타오쓰쥐가 한 말이 있

어. 그가 '폭력 조직 사람들이라고 다 나쁜 사람들은 아니다.'라고 공공연하게 말했었지."

"푸헐. 너무 노골적으로 편드는 것 아냐?"

"그냥 놈들을 추적할 때 그렇다는 걸 참고로 알아 둬."

눈치라도 챘다면 별별 간섭을 다 할 것이라는 얘기다.

브리트로서는 무척 중요한 정보였다.

"오케이, 무지하게 땡큐다."

"휴우, 그나저나 저런 애송이들이 임무나 제대로 수행할지 의문이다."

"믿어라. 플루토의 에스퍼들이라면 우리보다 못하지 않다고. 어차피 실패한다 해도 존슨이 감당할 테니 넌 준비만 잘해 주면 돼. 그 이상의 간섭은 월권이야. 알아?"

"하긴 뭐……. 준비는 완벽하니까 걱정하지 마."

"좋아, 1시간만 있다가 갈게."

"그래, 금방 나갔다간 의심할 수도 있으니 쉬었다가 가라고."

"그러지. 근데 사전 답사는 할 수 있나?"

"이따가 자정이 넘으면 가능할 거야. 손을 써 놨거든."

"어? 노출되면 어쩌려고?"

"아, 아, 몇 다리 건너서 손을 쓴 거라 괜찮아. 그래도 요즘 같은 시기는 조심해야지. 난 같이 가지 못하니까 일이 터지면 저 꼬마들의 능력으로 빠져나와야 돼."

"꼬마들이라도 에스퍼야. 믿어 보라니까."

"임무가 순조로우려면 일이 터지지 않는 게 좋아. 브리트, 네가 알아듣게 얘기해 줘라."

"오케이, 그쯤이야 뭐."

"아참. 해상안전국의 주도하에 합동 해상 훈련이 있을 것이라는 정보가 있어."

"뭐? 어, 언제?"

"언제긴, 뻔하지."

"헐. 당일 날에 맞춰 수작을 부리겠다?"

"그런 셈이지. 해난 구조 훈련이란 명목으로 말이야."

"경계가 더 심해지겠는걸."

"말이라고. 애송이들에게도 말해 줘. 나머지 답사 자료는 이따가 줄 테니 보고 나서 태워."

"알았어."

잠입 I

휘이잉-!

사라락. 사라라라락.

바람에 잔설이 날리는 칠흑같이 어두운 밤의 바위산.

쑥.

장갑도 끼지 않은 왼손이 올랐다.

맨손인 것은 미끄러운 바위를 오르기 위해 손가락의 감각
을 최대한 느끼기 위한 조치로 보였다.

쓱. 쓰쓱.

왼손이 바위틈의 홈에 쌓인 눈을 쓸어 냈다.

불끈.

힘줄이 도드라졌다.

이어서 머리가 불쑥 솟아오르더니 이번에는 오른손이 한 껏 치켜져 혹처럼 불뚝 튀어나온 바위를 잡고는 잠시 동작을 멈췄다.

"후욱. 훅. 후욱. 훅."

연거푸 내뱉는 가쁜 숨소리.

깎아지른 바위에 바짝 붙어 몇 차례의 호흡에 진정이 됐는 지 숨소리가 잦아졌다.

사람인지 눈뭉치인지 분간이 안 되는 설상복 차림의 건장 한 사내는 바로 담용이었다.

사전 답사 후 이틀 만에 다시 찾은 119사단사령부였다.

그런데 일전의 모습과는 달리 등에 멘 가방이 조금 커졌 다.

뭉툭한 모양이 마치 낙하산 백 같았다.

그랬다. 지금 담용이 메고 있는 백은 다름 아닌 메인 낙하 산을 제거한 보조 낙하산이 담긴 산낭이었던 것이다.

이 아이디어는 뤼시양의 머리에서 나왔다.

-Z 님, 보조 낙하산은 어떻겠습니까? 메인 낙하산을 제 거한 보조 낙하산 말입니다.

-어! 그거 좋은 아이디어인데요. 근데 구할 수는 있습니 까?

-지금 알아봐야 합니다.

-구해 줄 사람은 있고요?

-그게…… 장담은 못 하고 연락해 볼 사람이 있다는 말입니다.

-누구죠?

-아, 저희가 매달 생활비로 50달러씩 지불하면서 챙기는 작자인데, 선양 바닥에서는 마당발로 불립니다. 그 작자라면 아마 비슷한 거라도 구할 수 있을 겁니다.

-빨리 연락해 보십시오.

-연락하기 전에…… 보조 낙하산으로 가능하겠습니까?

-가능합니다. 전술 낙하 훈련 때 많이 써 봐서 익숙합니다. 보조 낙하산이라면 교범에도 다급한 상황이 닥치지 않는 한 6백 미터에서 1킬로 고도에서 낙하산을 펼쳐 여유를 가지라고 기술되어 있죠. 절벽 높이가 8백 미터 정도라면 충분합니다.

-그렇다면야…….

다행히 정보원을 통해 다 낡아빠진 낙하산을 구하긴 했다. 무려 2천 달러라는 거금을 치러야 했지만 말이다.

웃기는 건 이 낙하산이 무경특수대 출신이 현역 시절에 사용하던 물건이라는 점이었다.

전역 기념으로 폐기 처분될 낙하산을 챙겼다는 것.

너무 오래되고 낡다 보니 메인 낙하산은 많이 해어져 그

기능을 상실했지만 보조 낙하산은 단 한 번도 펼쳐 보지 않았던 탓에 멀쩡했다.

더구나 담용이 특전사 출신답게 자신의 안전을 위해서라도 다시 한 번 꼼꼼하게 점검하면서 완벽하게 재포장해 접었다.

특히 '산개손잡이'가 측면에 위치한 구형 보조 낙하산이란 것을 확인한 게 큰 소득이었다.

산개손잡이가 중앙 상부에 위치한 신형만 다뤄 봤던 담용으로서는 예전과 같이 습관처럼 더듬었다가 그대로 추락할 수 있었던 위험천만한 부분이었다.

아무튼 많은 의논 끝에 결정된 보조 낙하산이지만 사실 그전에 행글라이더를 시작해 패러글라이딩까지 거론됐었다.

심지어는 대형 방패연을 날리면 어떻겠냐는 말까지 나왔지만 결국 보조 낙하산으로 결정이 됐다.

이게 적당한 것이 크기도 부피도 작은 데다 7백에서 8백 미터 높이에서 사용하기는 전혀 무리가 없다는 점이었다.

'여긴 오래 있을 곳이 못 되는군.'

발바닥 폭만 한 넓이의 아슬아슬한 바위 턱에 몸을 실은 담용이 위를 올려다보았다.

그런 모습 자체가 보는 이로 하여금 오금을 저리게 했다.

'후우, 3분의 2쯤 오른 건가?'

아직 목적지인 절벽까지는 한참이나 남은 상황.

까마득하게 남았지만 처음 오를 때의 심정만큼 멀지 않아 보였다.

뭐, 차크라가 아니었다면 애초 잠입할 엄두도 나지 않았을 것일 테지만.

설사 올랐다고 해도 오르면 오를수록 살갗을 파고드는 혹한의 냉기를 견뎌 내기는 어려웠을 것이다.

그만큼 119사단 사령부의 위치는 누군가 잠입하기에는 천혜의 요새라 할 수 있었다.

지금의 위치는 줄기 봉우리 중 하나였고, 여길 넘고도 아직 두 개의 촛대 봉우리를 더 타고 넘어야 하는 상황이었다.

어찌 된 것이 희한하게도 돌아가거나 하는 다른 길이 없었다.

절벽을 점령하려면 마치 창을 빽빽하게 꽂아 놓은 방어망을 통과해야만 접근이 허용되도록 만들어 놓은 것만 같았다.

변화막측한 자연의 신비 중에도 압권이란 생각이 들었다.

'일단 뭘 좀 씹자.'

담용은 주머니에서 초콜릿 한 개를 꺼내 씹었다.

배가 고파서가 아니라 소모된 열량을 보충하는 데 초콜릿만 한 게 없어서 준비한 것이었다.

바위산을 오르면 오를수록 바람의 세기도 강해져 이에 대항하느라 열량의 소모도 그만큼 더 심해지기 마련이었다.

허기가 지는 것과는 상관없이 당연히 보충해 줘야 했다.

시간을 확인해 보니 새벽 1시였다.

'벌써 2시간이 지났군.'

산을 오르기 시작한 시간은 정확히 밤 11시.

'촉박하겠는걸.'

적어도 2시 안에는 목적지에 도착해야 했다.

'땀이 식기 전에…….'

잠시 차크라를 운기하고는 장갑을 끼지 않은 손을 입김으로 녹인 담용이 서둘러 다시 바위를 오르기 시작했다.

맨손이지만 나디가 덧씌워진 덕에 손이 시리지는 않았다.

재차 힘을 낸 담용이 두 봉우리를 타넘은 때는 1시간이 훌쩍 넘어 20분이나 지나 있었다.

그러고도 10분을 더 오르고서야 마침내 금성철벽의 위에 닿을 수 있었다.

우웅! 우우우웅!

올라서자마자 그를 맞은 건 하얗게 덮인 눈과 강풍이 내는 소리였다.

우우우. 우우우…….

바람이 휘돌았는지 호곡 소리로 변했다.

워낙 험한 바위산이어서인지 그 흔한 짐승 한 마리를 보지 못했다.

하기야 척 봐도 먹을 것이 마땅치 않은 산을 찾아 어슬렁거릴 짐승이 있을 리 만무했다.

처벅.

마침내 정상에 한 발을 내딛자 숨이 턱에까지 차올랐다.

"후욱! 후욱! 훅훅."

서둘러 오르느라 과도하게 움직인 탓이었다.

심장이 당장이라도 터져 버릴 것처럼 급박하게 뛰었다.

우우우웅-!

타닥, 타다다닥.

얼어붙었던 눈이 얼음 조각으로 변해 마구 때려 댔다.

별안간 기온이 급강하해 추위가 엄습했다.

"웃! 추워."

몸이 얼어 버리는 것 같아 얼른 보조 낙하산을 가슴팍으로
돌려 맸다.

원래 이렇게 매는 법이니 제자리를 찾은 것일 뿐이다.

등에 남은 가방은 폭약을 담는 용도였다.

'으허, 춥네.'

얼른 차크라를 끌어 올렸다.

몸이 순식간에 데워졌다.

후우우웅!

침입자가 불쾌했던지 바람이 더 거세지면서 얼음 조각이
날렸다.

비틀.

몸이 흔들릴 정도의 세찬 강풍이었다.

"젠장, 엎드리는 게 낫겠군."

절벽 끝으로 간 담용이 목 부분만 내밀고는 바짝 엎드렸다.

휘이잉ㅡ!

강풍이 등을 스쳤지만 절벽으로 떨어뜨릴 정도는 아니었다.

야산과는 달리 부대의 전경이 한눈에 들어왔다.

'역시 나무가 너무 없어.'

척박한 땅임을 감안해도 병사들의 쉼터로 짐작되는 곳의 그늘용 등나무 외에는 나무라곤 찾아볼 수가 없었다.

이유라면 딱 하나.

경계에 방해가 되기에 없애 버렸거나 아예 식재를 하지 않았을 수 있었다.

그 외에는 드문드문 설치된 보안등 불빛과 막사마다 등화관제에 들어가 있는 부대 전경이다.

일정한 패턴으로 돌고 있는 서치라이트를 따라 담용의 눈길이 움직였다.

"쩝, 다시 봐도 어마어마하군. 엉? 저건 뭐지?"

근자에 새로 신축한 건물인 듯한 창고(?)가 보였다.

지휘소에 가려져 있었던 탓에 야산에서는 볼 수 없었던 건물이었다.

'무슨 용도지?'

나디를 눈에 심었다.

야시경보다 더 뛰어난 안력이 신축 건물을 훑었다.

'웬 환풍 시설이 저렇게 많아?'

옥상에 에어컨 실외기가 여러 대 설치된 걸 보면 온도에 민감한 물건들을 보관되어 있는 것 같았다.

새 건물인 만큼 뭔가 첨단 기계실 같은 냄새가 풀풀 났다.

더불어 경계를 서고 있는 보초들의 숫자도 탄약고와 비슷하다는 것을 알았다.

'저기도 타깃으로 삼아야겠군.'

뭔가 심상치 않은 물건들이 쟁여져 있을 것 같은 느낌에 그리 결정했다.

뭐든 중국이 강해지면 대한민국으로서는 이로울 게 없다는 것이 담용의 지론이었다.

그것이 비록 일부 군부대의 물건이라 할지라도 없애 버린다면 타격이 되지 않겠는가?

어쨌든 타깃의 제1순위는 탄약고였다.

원하는 물건을 취하려면 어쩔 수 없다.

그다음이 유류 창고, 다음이 각종 비밀 문건이 산더미처럼 쌓여 있을 지휘소다.

일단은 그렇게 네 군데를 표적으로 삼아 움직일 생각이었다.

그러려면 한 군데가 더 늘어 동선을 다시 짜야 했다.

'먼저 무기고부터 들르고…….'

규모가 너무 커서 전부 돌아볼 수 있을지 의심스럽긴 하지만 거를 순 없다.

담용의 시선이 유류고로 향했다.

가장 먼 곳인 유류고는 맨 나중이다.

'지휘소가 두 번째로군.'

무기고와의 거리가 가깝지는 않지만 반드시 들러야 할 곳 중 하나였다.

더욱이 신축 건물과 지휘소 간의 거리가 가까웠다.

신축 건물을 지휘소 곁에 둔 것만 봐도 중요한 물건이 있을 것으로 추측이 됐다.

탱크와 장갑차를 파괴해 버리고 싶은 마음이야 굴뚝같지만 그건 시간 여유가 있을 때나 가능했다.

지금은 탄약고 하나만으로도 부담스러울 지경이었다.

'시작해 볼까?'

담용은 보조 낙하산의 산개손잡이와 하니스(멜빵) 등을 다시 한 번 점검했다.

특전사들은 자신에게 할당된 낙하산은 반드시 직접 접어서 준비한다.

대부분 메인 낙하산의 경우지만 보조 낙하산도 예외는 아니었다.

그렇다 보니 낙하산에 대해서는 전문가나 다름없었다.

고로 잘못되기라도 하면 그 누구의 책임도 아닌 전부 답용의 책임이었다.

'어색하네.'

구형이라 어색했고 옆구리에 달린 산개손잡이도 익숙하지가 않았다.

메인 낙하산이 실패했을 경우, 보조 낙하산은 곧바로 펴지 않는다.

출동 시 장비를 주렁주렁 매단 상태라 간혹 줄에 얽히고 고리에 걸리거나 끼일 수 있어 조금 시간이 걸리더라도 정리를 한 후에야 비로소 산개손잡이를 당기게 되어 있었다.

그 와중에도 당황하지 않고 침착해야 하는 것은 매우 중요했다.

당황한다는 것은 곧바로 생명과 직결되어 있어서였다.

매끈한 절벽을 살피던 답용의 눈에 참나무로 보이는 제법 큰 나무가 잡혔다.

목측으로 잰 거리는 대략 2백 미터.

나디로 안력은 돋운 상태라 실제 거리와 거의 차이가 나지 않을 것이다.

'저 참나무를 지나칠 때 편다.'

사실 이런 방식의 낙하는 생전 처음이다.

특전사 시절에는 주로 UH-1H나 UH-60 같은 헬기 또는 C-130 수송기에 몸을 싣고 강하했었지, 익스트림 스포츠의 스릴을 즐기는 스카이다이버들처럼 절벽에서 뛰어내리는 훈련은 하지 않았다.

뭐, 두렵다는 마음은 없지만 생소한 기분까지는 떨칠 수 없었다.

이런 경우는 고도로만 보면 전술 강하에 속했다.

담용 역시 전술 강하 훈련의 일환으로 4백 미터 상공에서 낙하한 적이 더러 있었다.

다만 산중의 거센 바람이 문제였다.

그래서 바람이 잦아들 만한 아래의 참나무를 기점으로 해서 낙하산을 편다는 계획을 짠 것이다.

보조 낙하산.

말 그대로 메인 낙하산보다 소형인 데다 바람 같은 자연의 영향을 많이 받을 수밖에 없어 조심해야 했다.

게다가 보조 낙하산 외에 구명할 방법도 없지 않은가?

쓰윽.

담용의 상체가 허공으로 디밀어졌다.

유리처럼 매끈한 절벽이라 굳이 뜀박질을 할 필요 없이 몸만 허공에 띄워도 강하하는 데는 지장이 없었다.

'하나, 둘…….'

순간, 담용이 두 팔을 힘차게 뻗으면서 손바닥으로 절벽을 밀어 냈다.

"셋!"

셋이란 숫자는 두 발이 절벽을 떠난 허공에서 터져 나왔다.

몸을 동그랗게 만 담용이 어느 순간 팔과 다리를 쭉 뻗치자, 절벽과의 거리는 더 멀어졌다.

슈우우우-!

귓전으로 스치는 바람 소리가 하강 속도를 가늠하게 만들었지만 담용의 시선은 참나무에 고정되어 있었다.

생명 줄 강하 방식, 즉 밀리터리 점프야 항공기에서 뛰어내리자마자 정박 줄에 매인 생명 줄이 풀리면서 자동으로 개방되어 다이버들의 안전을 보장하지만, 고공 강하 즉 스카이다이빙은 항공 스포츠 분과에서 권장하는 고도가 훈련량에 따라 달랐다.

초보 다이버들의 경우 3천 피트(약 9백미터) 전후에서 무조건 개방하도록 하고 있었고, 숙련자들은 1,800피트(550미터)에서 개방하도록 하고 있었다.

군대의 경우 역시 이를 준수하고 있기는 마찬가지였다.

슈우아아아-!

하강 속도가 더 빨라졌다.

메인 낙하산보다 하강 속도가 빠른 보조 낙하산임을 잘 알고 있는 담용이 정신을 바짝 차렸다.

금세 2백 미터를 하강했는지 참나무가 급속도로 가까워졌다.

몸의 균형을 유지하던 담용이 산개손잡이를 잡았다.

'하나…… 둘…… 셋!'

참나무를 지나친다 싶은 찰나, 산개손잡이를 힘차게 당겼다.

츠르륵.

산낭이 개봉되면서 기음이 일었다.

하나, 이내 '파라라락' 하는 요란한 소리를 내며 담용의 시야를 잠시 가렸던 낙하산이 위로 솟구쳤다.

파꽉!

곧이어 낙하산이 활짝 펼쳐졌다.

출렁!

담용의 신형이 순간적으로 위로 솟아올랐다.

종단속도를 느리게 한 것이 낙하산의 원리였으니 당연한 현상이었다.

은근히 우려가 됐던 낡은 낙하산이었지만 문제는 전혀 발생하지 않았다.

'괜찮군.'

강하에 문제가 없자, 담용의 시선은 탄약고 뒤뜰 어름으로 향했다.

때마침 탄약고로 원형의 서치라이트 불빛이 뒤뜰에서 잠시 비추고는 지나갔다.

뒤뜰이라야 증축으로 인해 폭이 그리 넓지 않았고, 보안등만이 희미하게 밝히고 있었다.

'잘됐군.'

서치라이트 덕분에 어둑하던 착륙 지점이 보다 명확해졌다.

척륙할 지점의 폭은 넓어야 3미터 내외였다.

뭐, 별로 문제는 안 되지만 착륙 시 기도비닉은 신경 써야 했다.

제동 줄을 조정해 그쪽 방향으로 향했다.

그때, '후우웅' 소리를 내며 거센 돌풍이 불어왔다.

파라라락.

낙하산이 심하게 떨어 댔다.

'이런! 크로스 윈드cross wind(측풍)다!'

제대 후, 오랜만에 입에 담아 보는 용어였지만 골짜기를 타고 온 바람이 장애물로 인해 급격히 방향을 바꿔 측면을 때려 오자, 담용은 급히 제동 줄을 조종하기에 바빴다.

돌풍은 대롱대롱 매달린 담용의 신형을 이리저리 흔들어 버렸다.

그러나 낙하산만 꼬이지 않으면 그런 위기쯤은 거뜬하게 견뎌 내는 담용이라 돌풍이 지나칠 즈음 이미 균형을 잡았다.

무엇보다 신경이 쓰이는 건 보초 중 누군가가 우연이라도 하늘을 올려다보는 일이 생기는 것이었다.

하지만 밤은 이미 깊었고, 인간의 생체리듬은 수마와 싸우느라 다른 데 정신을 팔 여가가 없다는 점이 주효했다.

그 덕분인지 비록 한 차례의 예기치 않았던 돌풍이 몰아치는 위기의 순간을 맞긴 했지만, 마침내 담용의 착륙이 무사히 이루어졌다.

턱!

사뿐하진 않았지만 이 정도 소음이라면 걱정 없었다.

그러나 나디를 귀로 집중시켜 청력을 높여 동정은 살펴야 했다.

보초들이야 걱정 없지만 경비견 때문이었다.

아니나 다를까.

크르르······.

그런데 반응이 얕다.

이건 후각보다는 청각에 의한 반응이다.

동구와 진순이를 키우면서부터 개에 대해 공부한 바에 의하면 청각이 사람의 서른 배 내외로 발달되어 있다는 것.

물론 개의 종류에 따라 천차만별이지만 경비견으로 선택될 정도면 사람보다 무려 35배나 발달되어 있다고 했다.

이를테면 사람은 2만의 진동수를 겨우 들을 수 있다면 개는 10만에서 70만까지 진동수를 들을 수 있다는 점이었다.

후각은 사람의 여덟 배에 불과해 거리상으로 보아 담용이 그렇게 판단한 것이다.

즉 사람의 후각이 2미터임에 반해 개의 후각은 15미터 내외여서다.

따라서 무기고 뒤뜰이 동초가 데리고 다니는 개와의 거리가 15미터를 훨씬 벗어나 있어 후각보다는 청각으로 반응한 것이 확실했다.

'저 소리는 긴가민가하는 거지.'

얕게 반응한다는 것은 확실치 않다는 의미였고, 계속 귀를 쫑긋하게 하는 원인을 제공했다고 보면 된다.

조치를 하지 않으면 경비견이 짖어 댈 것이고 수상하게 여긴 동초가 고삐를 풀어 주고 뒤쫓는 것이 정석이었다.

담용은 동물들과 정신 교감이나 영적으로 감응할 수 있는 능력이 있었기에 두렵지는 않았지만, 만전을 기하기 위해 이티머시를 마구 발산시켰다.

즉 친밀감을 페르몬을 뿜어내듯 마구 뿌려 댄 것이다.

경비견에게 친밀감이란 침입자를 같은 동초로 여기라는 뜻이었다.

잠시 기다려도 반응이 없다는 것은 담용의 의도가 통했다는 뜻이다.

'됐군.'

이티머시 수법이 통한 이상 경비견은 더 이상 걱정할 필요가 없었다.

그러나 필요 이상의 이티머시는 오히려 반가워하며 달려

들게 만들기에 주의해야 했다.

재빨리 낙하산을 수거한 담용이 잠시 멈춰 선 채 머뭇거렸다.

다음 문제가 있었다.

'발자국을 남겨서 좋을 건 없는데…….'

제설 작업은 되어 있지만 설렁설렁 해치운 터라 발자국이 고스란히 드러날 것 같았다.

탈출까지는 앞으로 1시간여가 남은 상황이라 그 안에 보초들이 둘러보러 오지 않을 것이라는 보장이 없었다.

'가능할까?'

언뜻 떠오른 생각은 고스트 트릭을 발현시키자마자 점프해서 무기고를 향해 돌진하는 방법이었다.

지금 서 있는 자리를 지울 방도는 없었다.

'기회가 되면 몸을 가볍게 하는 수법을 찾아봐야겠어.'

사이킥 에어플라이라는 수법이 있다는 건 알지만 텔레포트 수법만큼이나 지난해서 언감생심이다.

그저 몸을 가볍게 하는 수법이 있다면 그것으로 족했다.

그나저나 고스트 트릭이 속도에 제한을 받는지 어떤지 잘 모르겠다.

늘 조심스럽게 스며들듯이 잠입했던 터여서 이런 경우에 대비한 준비가 전혀 없었던 것이다.

'쯧, 너무 안일했군.'

기실 갖가지 상황에 대처하는 연습이 많이 부족하긴 했다.

그러나 지금에 와서 후회는 이미 늦은 일.

'담용아, 담용아, 좀 더 열심히 하자. 응?'

나름대로 자책을 그런 식으로 해결한 담용이 발자국을 없애기 위해 낙하산으로 선 자리를 문지르고는 산낭 위에 섰다.

그렇다고 낙하산을 두고 갈 수는 없으니 하체에 보자기를 씌우듯 끌어안았다.

벽과의 거리는 1.2미터가량.

단번에 건너뛸 수 있을 것 같은 기분이 들었다.

차크라를 끌어 올려 고스트 트릭을 발현시킴과 동시에 발바닥에 나디를 잔뜩 심었다.

'이익!'

무릎을 살짝 굽혀 그대로 뻗었다.

순간 몸이 깃털같이 가벼워지는 기분이 들었다.

홀쩍!

'헉!'

느닷없는 현상에 내심 깜짝 놀라는 사이 허공으로 붕 뜬 신형이 날듯이 벽체로 부딪쳐 갔다.

쑤욱.

담용의 모습이 감쪽같이 사라졌다.

BinDER
BOOK

잠입 Ⅱ

고스트 트릭의 감각에 걸리는 장애물이 조금 길다 싶은 순간, 욱죄였던 몸이 대번 시원해졌다.

확연히 차이가 나는 감각에 무사히 빠져나왔음을 알았다.

'어라? 속도와는 상관이 없잖아?'

박치기하듯 날아들었지만 신체 구석구석에 느껴지는 감각이 그대로였다.

'그래도 시간은 조금 오래 걸린 것 같았어.'

아마도 벽의 두께 때문일 것이다.

언제나 느끼는 것이지만 고스트 트릭을 시전할 때는 그 잠깐의 순간에도 체감은 암흑 속을 1천 리나 헤매다 빠져나온 기분이었다.

'그런데 조금 전에 그 기분은 뭐였지?'

비록 잠깐이었지만 마치 무중력 지대에서 노닐었던 여운이 아직까지 이어지고 있었다.

기분이 묘했다.

뭔가 차크라 외에도 이질적인 기운이 공존하고 있는 느낌이었다.

'설마, 사이킥 에어플라이는 아니겠지?'

그럴 리가 없었지만 혹시 하는 마음이 더 컸다.

'아차, 내가 이러고 있을 때가 아니지.'

그런 의아스러운 느낌도 잠시, 담용은 곧 눈도 뜨기 전에 코를 자극하며 파고드는 냄새에 속으로 비명을 질러야 했다.

'윽, 냄새.'

무기고로 들어서자마자 담용의 코가 맨 먼저 반응한 이유는 강렬한 쇠 냄새와 진한 강중유 냄새 때문이었다.

눈을 떠 보니 자신이 도로 한복판에 떡하니 서 있는 것이 아닌가?

"헛!"

깜짝 놀란 담용의 입에서 헛바람이 절로 튀어나왔다.

M60 트럭 한 대는 거뜬히 지나가도 남을 만한 도로, 아니 복도에 덩그러니 서 있는 담용은 마치 자신이 이상한 나라로 순간 이동을 해 온 것 같은 착각이 들었다.

규모가 크다는 걸 알고 잠입했지만 막상 들어와 보니 겉보기와는 상상 이상이었다.

말이 3층이었지 한 개 층의 높이가 일반 건물 2층 높이였으니 6층 건물이다.

아니, 중앙에 높이 솟은 용마루 부분까지 더하면 7층 높이는 될 것 같았다.

양옆으로도 렉과 렉 사이에 2미터 간격의 도로가 각각 대여섯 개씩이나 더 있었으니, 그 엄청난 규모에 입이 다물어지질 않았다.

'짱깨들은 뭐든 크게 지으면 장땡인 줄 안다니까.'

이건 중국에 와서야 안 사실이었다.

그리고 무기고답게 튼튼하게도 지어 놨다.

환풍구 외에는 창문이 전혀 없는 실내는 사방이 두꺼운 콘크리트로 마감이 되어 있었다.

강중유 냄새에 섞여 시멘트 냄새가 살짝 묻어나는 걸 보면 역시나 증축한 지 얼마 되지 않았다는 증거였다.

천정에 파이어 디텍터fire detector(화재 감지기)는 물론 스프링클러 역시 빽빽하게 설치되어 있었다.

더하여 방화 차단기까지.

그러나 아무리 둘러봐도 감시 카메라는 보이지 않았다.

'초병을 그만큼 믿는다는 건가?'

아니라면 아직 보급이 일천해서 그런가?

IT 기술이 하루가 다르게 발전하고 있는 한국과는 달리 중국은 아직 그 방면에서는 한발 뒤처져 있는 상황이었다.

고로 감시 카메라 역시 한국보다 보급이 늦을 수밖에 없었다.

뭐, 몇 년 후에는 급속도로 발전을 거듭해 무기고 역시 감시 카메라로 도배가 되겠지만, 아직은 아니라는 것이 담용에게는 도움이 됐다.

담용이 들어와 있는 1층은 차량 진입을 겸한 무기고인 것 같았다.

전면은 거대한 연동식 와이어셔터로 막아 기존 건물인 1층과 분리해 놓았다.

그러나 그 너머로 보이는 전경은 광활하다 할 정도로 공간이 뻥 뚫려 있었다.

"당최⋯⋯."

생전 처음 보는 초대형 무기고에 벌린 입이 다물어지지 않았다.

겉모습과는 전혀 판이한 위용이었다.

전방과 양쪽 측면은 전부 3층으로 된 복층 구조의 통짜 건물이었고, 거기에 철골 구조물로 된 5단, 7단, 9단 렉이 층층마다 설치되어 무기들을 분류해 놓고 있었다.

두 대의 지게차까지 보였다.

특히 눈길을 끄는 건 전면 끝부분에 보이는 크고 작은 대형 폭탄들이 차곡차곡 쌓여 있다는 점이었다.

시설도 그랬지만 1층 건물에 진열된 군수품 외에는 하나하나가 새로이 도색을 한 건지 아니면 금방 생산한 건지 죄다 신제품이었다.

"얼라? 저건……."

가장 안쪽에 범상치 않은 폭탄들이 쌓여 있는 것이 보였다.

고스트 트릭을 발현시킨 담용이 와이어셔터를 넘었다.

"역시 범용 폭탄이로군."

공군과는 거리가 먼 무장 경찰 부대에 웬 항공 폭탄?

그럴 것이 범용 폭탄은 크기도 무게도 다양했지만 폭격기에서나 쓸 법한 무유도 항공 폭탄이어서다.

쉽게 말하면 하늘에서 그냥 떨어뜨리면 되는 폭탄이다.

어떤 면에서는 가장 무식하고 전통적인 무기라 할 수 있었다.

전통적인 무기인 만큼 가격이 쌌다.

이는 폭탄 중 가장 많은 수량이 운용되는 무기라는 말과 진배없었다.

시쳇말로 표현하면 폭약이 가득 차 있는 날개 달린 깡통이랄까?

즉 지금은 한물간 재고 폭탄이라는 뜻이자 언제든 무상으로 지원이 가능한 계륵 폭탄이라는 것.

"호오, 지대지와 지대공미사일까지?"

비록 꼬리날개가 넓고 투박했지만 날씬하게 빠진 유형으로 보아 중거리탄도미사일 같다.

이건 무경이 지상군이니 범용 폭탄보다는 이해가 갔다.

크고 작고 날씬한 미사일들이 바퀴가 달린 거치대마다 얌전히 놓여 있었다.

그 외에 종류도 가지가지인 소소한 폭탄부터 시작해 중소형 총기류까지 다양하게 나열되어 있는 모습이다.

거기에 아랍 테러리스트들의 전용 화기라 불리는 알라봉, 즉 RPG-7과 화염방사기에 이어 각종 지뢰까지 구비되어 있었다.

공대공이나 공대지미사일만 보이지 않을 뿐 육군이 사용하는 무기란 무기는 빠짐없이 구비되어 있었다.

그것도 전부 신제품으로 말이다.

단지 범용 폭탄이 있다는 것이 의외일 뿐이다.

갖가지 종류의 무기를 담고 있을 철제 상자와 나무 상자들 역시 켜켜이 쌓인 것은 당연했다.

그리고 그에 걸맞은 부대시설까지 구비되어 있었다.

중량이 큰 무기를 나르는 크고 작은 호이스트가 구간마다 종횡으로 설치되어 있었고, 중앙 통로 끝에는 철조망으로 된 이동식 승강기도 눈에 들어왔다.

불빛 한 점 없는 무기고였지만 담용의 눈에 고스란히 들어오는 광경이었다.

"헐, 웬 무기들이 이렇게 많은 거야?"

거짓말 조금 보태서 제3차 세계대전을 거뜬히 치를 정도의 각종 무기들이 즐비했다.

이래서야 원하는 폭약을 어느 세월에 찾는단 말인가?

담용이 다시 한 번 찬찬히 살피기 시작했다.

급할수록 돌아가라는 말이야 알지만 그게 행하기 그리 쉽지 않다는 것을 새삼 깨달았다.

알고 있다고 해서 받아들이는 것까지 쉽다고 생각하기 곤란한 때가 바로 지금이 아닌가 싶은 생각도 들었다.

'1층부터 살펴보자.'

손아귀에 살짝 땀이 밴 담용이 와이어셔터를 넘어 처음 자리로 되돌아왔다.

여긴 기존의 무기고였기에 대부분 소총이 가지런히 세워져 있는 곳이었다.

'이건 88식 보총이고 저건…… AK-74 돌격 소총…… 저건…… 중기관총이군.'

중기관총의 정확한 명칭은 잘 모르겠지만 장갑차에 거치해서 사용하는 한국의 M2HB와 유사한 모형이었다.

특전사 출신이라면 웬만한 무기에 대해서는 비록 수박 겉핥기식으로라도 알고 있는 것이 적지 않았다.

1층 복도가 다 끝나도록 소형 총기들만 진열되어 있었지만, 그렇게 신형이라고 할 수 없는 무기들이었다.

아마도 출입구 격인 1층은 지금 현 시점에서 당장 가용할 수 있는 총기들을 우선 배치해 놓은 것 같은 인상이 짙었다.

'젠장, 이러다가 날 새겠군.'

무기들이 너무 많아 정신이 다 없을 지경이다.

'얘들이 이렇게 많은 무기를 쟁여 놓을 필요가 있나?'

물론 동북에 주둔하고 있는 군구의 무기 공급처라면 딴은 이해 못 할 것도 아니었다.

따지고 보면 중국은 수나라 시절만 제외하면 대한민국을 직접 쳐들어온 예가 없다. 간섭쟁이처럼 대부분 남의 전쟁에 끼어들었을 뿐이다.

역사적으로 굵직한 전쟁만 봐도 삼국시대의 당나라가 그랬고, 임진왜란 당시는 명나라가, 육이오전쟁 때 중공(中共 : 중국공산당)이 그랬다.

이유는 단 한 가지였다.

바로 순망치한脣亡齒寒이다.

제 나라 땅에 피해가 오기 전에 미리 막는다는 뜻이다.

물론 신라가, 조선이, 북한이 원군을 요청하기도 했고 또한 여러 복합적인 사유가 있겠지만 입술이 없으면 이빨이 시릴 것이라는 단순한 이유만으로 전쟁에 개입했다는 것이 정설이다.

이곳에 비치되어 있는 무기 역시 자신들이 직접 사용하기보다 전쟁 개입 혹은 원조 형식을 띠기 위한 용도로밖에는 생각되지 않았다.

미국과의 전쟁에 대비한 준비물?

이건 어불성설이다.

제3차 세계대전을 촉발시키지 않을 생각이라면 다른 나라의 전쟁에 개입하기 위한 물자들이 틀림없었다.

지정학적으로 전쟁 개입이라면 남북한 전쟁밖에 더 있을까?

그것도 북한을 지원할 것이 빤하니 한국에 막대한 피해를 입힐 무기들이다.

'빌어먹을 자식들.'

너무 속보이지 않는가?

생각을 하면 할수록 성질이 난다.

덩치만 큰 나라였지 그 속은 밴댕이 소갈딱지보다 작은 옹졸한 족속들.

자기 몸에 난 생채기 하나도 참지 못하고 버럭대며 위협하는 족속이 대국 흉내를 내고 있으니 토악질이 난다.

어떤 대가를 치르더라도 반드시 없애 버려야 할 흉기들이었다.

그나저나 폭약을 어디서 찾아야 할지 암담한 담용이다.

잠시 갈피를 잡지 못하고 헤매던 담용의 뇌리로 순간 전구 하나가 팍 켜졌다.

"아! 그래, 목록!"

어느 창고든 물건이 어디에 있는지 찾기 쉽게 정리해 놓은 물품 목록이 있기 마련이었다.

비치된 위치는 당연히 출입구다.

희망을 본 담용이 서둘러 걸음을 되돌렸다.

두 명의 보초가 있는 곳이라 발걸음을 죽였다.

'역시…….'

가장 눈에 잘 띄는 곳에 두껍고도 시커먼 색인철이 벽에 매달려 있었다.

이런 색인철도 참 오랜만이었다.

얼른 펼쳐 본 담용의 표정이 대번에 일그러졌다.

모두 한자였다.

그것도 번체가 아닌 간체다.

담용이 비록 최근에 와서 중국어를 공부하고 있다곤 하지만 그건 어디까지나 대화체에 국한된 것이라 이렇듯 이상한 기호와 혼합되어 있는 간체는 들여다보나 마나였다.

더구나 무기 용어 같은 전문용어였으니 더더욱 알아볼 수가 없었다.

'미치겠네.'

물품 목록 장부를 제자리에 놓은 담용이 얼핏 보니 옆에 전기 단자함이 보였다.

'그래, 혹시 모르는 일이니까.'

그 즉시 단자함을 열어 메인 스위치를 찾아 전기를 원천

차단시켰다.

이어서 전기선을 죄다 뽑아 버리려다가 멈칫했다.

'소음이 나면 곤란하지.'

나디를 손에 심은 담용이 아예 스위치를 반죽하듯 뭉그러
뜨렸다.

전기 단자함을 통째로 교체하지 않는 한은 불을 켜기 어렵
게 만들어 놓은 것이다.

대낮에도 컴컴한 무기고에 불이 들어오지 않는다면 완전
암흑이다.

담용은 거기다 누르면 톡 튀어나오는 잠금장치마저 뭉개
버려 열지도 못하게 만들었다.

'이건 됐고……'

시선을 전방으로 향한 채 팔짱을 끼고는 무기고 전체를 한
눈에 들어오게 했다.

'폭약, 폭약, 폭약……'

고민하는 흔적이 역력한 눈빛이었지만 뇌리는 빠르게 돌
아가고 있었다.

'나 같으면 어디에 둘까?'

일단은 위험물로 분류할 것이다.

위험물은 별도의 공간을 갖춰야 하는 것이 상식이고, 만약
을 대비해 벽체가 두꺼운 창고가 필요했다.

그런데 아무리 둘러보아도 외따로 보관할 만한 창고나 공

간이 보이지 않는다.

무기고는 그냥 통짜여서 각종 크고 작은 박스 외에는 폐쇄된 것이라곤 없었다.

폭약이 없다고는 생각되지 않는다. 무기고라면 기본적으로 갖춰 놔야 하는 화약류이니까.

층층마다 하나씩 살펴 가며 찾기에는 1박 2일로도 모자랄 것 같아 포기했다.

발상의 전환이 필요했다.

'차라리 하나씩 제거해 나가 보자.'

시간이 조금 걸리더라도 그 수밖에 없었다.

렉마다 표찰이 달려 있었지만 담용에게는 무소용이라 도움이 되지 않았다.

먼저 건물 안쪽에 놓인 미사일과 폭탄류는 패스다.

폭약을 같이 둔다는 건 달걀을 한 바구니에 놓아두는 격이니 말이다.

복도를 천천히 걸으며 좌우를 살폈다.

공통된 점은 렉마다 같은 무기나 그에 따른 부속 장비 혹은 시너지 효과를 낼 수 있는 부품들이라는 것.

총기류 앞을 지나자, 화학무기들이 나오고 화염방사기 같은 화염류 무기가 보였다.

'이건 탄약 박스 같은데?'

그 앞에서 잠시 망설이던 담용이 고개를 저으며 지나쳤다.

화약을 어느 세월에 분리해 폭발시킨단 말인가?

다음은 각종 보조 장비들이 진열되어 있었다.

아는 것도 더러 있었고 모르는 것은 더 많았다.

'이건 화생방 장구들이군.'

그렇게 지나치자 복도가 끝났다.

남은 것은 미사일과 각종 폭탄 그리고 범용 폭탄들이었다.

'염병…….'

수많은 무기와 폭탄 들이 쟁여져 있었지만 죄다 간체로 적혀 있어 제대로 확인을 했는지도 의심스러웠다.

그렇다고 더 살펴볼 엄두는 나지 않았다.

셀 수 없이 많은 상자들을 하나하나 뜯어서 일일이 확인한다는 것은 무리였다.

'이럴 줄 알았으면 116사단으로 갈 걸 그랬어.'

뒤늦은 후회가 밀려왔지만 지금은 더 이상 시간을 끌 수가 없다.

내일이라도 당장 단둥으로 출발해야 할 상황이라 여기서 해결해야만 했다.

'제길, 폭약도 찾지 못하면서 폭파는 무슨…….'

당면하고 보니 마음만 바빴지 폭파는 마음속에서만 휘몰아치는 태풍일 뿐이었다.

슬쩍 시간을 확인해 보니 벌써 새벽 3시가 다 되어 간다.

방금 도착한 것 같았는데 마음이 초조하다 보니 어느새 1

시간을 소비해 버린 것이다.

　겨울 초입이라 해가 늦게 뜬다지만 더 이상 꾸물거렸다간 낭패를 면하기 어려울 것 같았다.

　'늦어도 3시 50분까지는 끝내야 하는데……'

　03시 50분.

　마지노선으로 선택한 최대치의 시간이었다.

　무턱대고 잡은 시간이 아니라 그럴 만한 이유가 있었다.

　어쨌거나 담용에게 주어진 시간은 1시간, 아니 50분밖에 남지 않았다.

　그렇다고 포기하기에는 너무 이른 시간이기도 했다.

　'그래, 꼭대기에서 내려다보면 더 잘 보이겠지.'

　방법을 바꾸기로 한 담용이 그 즉시 행동에 들어갔다.

　렉을 타고 오르는 건 그리 어렵지 않아 금세 맨 꼭대기에 도착했다.

　"우워, 장관이군."

　대자연의 풍광만 장관을 연출하는 것은 아니었다.

　차곡차곡 쌓아 놓은 대규모의 무기들도 그 나름대로 질서 정연한 멋을 자랑했다.

　하지만 지금은 넋을 놓고 있을 때가 아니었다.

　"확실히 더 잘 보이네."

　담용은 차크라를 끌어 올려 나디를 더 키워 눈에 심었다.

　그러자 눈이 조금 전보다 한층 더 밝아졌다.

여기서 나디를 더 주입하는 것은 실핏줄이 터질 수 있었기에 삼가야 했다.

이는 생체 내의 시스템에 의한 것이라기보다 그냥 감感으로 느껴지는 것이었다.

이것만 해도 인쇄된 활자가 보다 뚜렷하게 보였다.

뭐, 영화 '6백만 불 사나이'에서 등장하는 주인공의 사이보그 눈처럼 정밀하게 보이는 것은 아니었지만 그것 못지않다.

어쨌든 다시 희망이 생기면서 표정에 생기가 띠었다.

"꼭대기에는 잡다한 것들을 죄다 모아 놓았군."

아마도 일하기 불편한 꼭대기 층임을 감안해 소용이 흔치 않은 잡동사니들의 보관 장소로 택했을 것이다.

담용은 그냥 지나칠까 하다가 오픈 박스 상태여서 구경 삼아 천천히 걸으면서 내용물을 살펴보았다.

전기선, 로프, 고무벨트, 각종 고무패킹, 군용 안테나, 플래시, 나침판, 탐침봉, 포승줄, 경광봉, 야광 스틱 등 하다못해 소, 중, 대형 브러시까지 있었다.

비교적 가벼운 군용 비품들은 포장도 뜯지 않은 채였다.

그렇다고 어질러 놓은 것은 아니었다.

군대답게 각이 잡혀 있었고, 가지런했다.

그런데 눈에 확 띄는 큼지막한 국방색 쇼 케이스들.

그 안에 역시 국방색 하드 케이스가 가지런히 쌓여 있었다.

당연히 무슨 용도인지 적혀 있었지만 부대 마크와 두 글자만 눈에 들어왔다.

戰狼…….

'전랑?'
해석하면 전장의 이리라는 뜻이다.
부대 마크는 검정색 바탕에 파란색과 빨간색이 좌로 치우쳐져 있었고, 빨간색 바탕에는 'T' 자형 부호에 번개 표시가 되어 있었다.
그리고 마크 맨 위에 새겨진 선명한 글귀.

中國人民解放軍特種部隊

담용은 금세 알아챘다.
하드 케이스 안에 든 것이 스페셜포스, 즉 특수부대원들이 사용하는 장비라는 것을.
담용은 얼른 하나를 꺼내 열어 보았다.
'호오, 제법 알찬데?'
전부 비닐포장인 채 상표도 뜯지 않은 신품이었다.
'이건 배터링 램이고 이건 해머, 특수 임무용 절단기, 탱크 밸브, 호흡기, 부력 조절기…….'

하나하나가 수중 침투용 장비들이었다.

담용이 고글 하나를 꺼내 비닐을 벗기고 눈에 착용해 보았다.

'이건 우리가 쓰는 야시경과 비슷하군.'

뭐, 구형 야시경이지만 수중 침투용으로는 그만인 장비라 담용도 다뤄 본 적이 있어 익숙했다.

야시경을 아무렇게나 던져 버린 담용은 오리발을 찾아 마구 뒤집었다.

오래지 않아서 오리발을 찾을 수 있었다.

'이거 하나면 충분해.'

그러다가 다이빙 시계(Diving Watch)와 수심계(Depth Gauge)를 발견하고는 그것들도 챙겨 색에 넣었다.

'C4가 더 중요한데…… 어? 저건?'

쪼그린 자세를 펴다가 언뜻 눈에 띤 상자의 글귀 하나.

炸药120

"엉?"

역시 큼지막한 나무 상자에 찍힌 글귀를 본 담용의 눈이 번쩍 뜨였다.

바로 '炸' 자 때문이었다.

"작!"

중국어 공부 중에 확실히 배웠던 한자로 터질 '작' 자였다.

불 '화火' 자에 잠깐 '사乍'의 합성어.

즉 잠깐 사이에 터진다는 뜻이다.

한자는 합성어의 의미를 이해하면 어렵지 않게 알 수 있는 글자들이 대부분이다.

어쨌든 폭약과 연관이 있다는 의미였다.

그 다음 한자가 번체인 '약藥' 자의 간체인 '약药' 자라는 것은 이미 알고 있었다.

작약炸药은 곧 폭약爆藥란 뜻.

"유레카! 흡!"

드디어 찾았다는 기쁨에 자신도 모르게 소리치던 담용이 급히 입을 닫았다.

그러나 워낙 넓은 무기고라 웬만큼 소리를 질러서는 들리지도 않을 것이다.

황급히 상자의 뚜껑을 열어젖힌 담용의 눈에 비닐에 싸인 누르스름한 밀가루 덩어리가 들어왔다.

"C4!"

마침내 원하던 물건을 찾은 것이다.

왜 꼭대기에 뒀는지는 따지고 싶지 않았다.

뭐, 혹시라도 폭발이라도 하게 될 경우, 꼭대기 층만 날아가 버리란 뜻일 테지.

'으흐흐흐……'

싱글벙글해진 담용이 얼른 그다음 상자의 뚜껑을 열었다.

폭약은 세트 개념이라 한데 모아 놓는 것이 여러모로 편리하기에 부속품이 없을 거라곤 생각되지 않았다.

역시나 원통형의 기폭 장치와 뇌관이 한 세트로 포장되어 있었다.

"하핫."

짤막한 웃음을 터뜨린 담용이 곁에 있는 조금은 낡은 상자를 열었다.

하얀 노끈 뭉치가 가득했다.

"호오, 이건 도화선이로군."

요즘은 광산이나 도로 건설 때나 쓸 법한 도화선이었다.

아마도 이 역시 화약류라 같이 분리해 놓은 듯했다.

도화선을 감는 도르래는 보이지 않았다.

"여긴 뭐가 들었지?"

드륵.

"어? 타, 타이머!"

순간, 담용의 입이 쭉 찢어졌다.

간절하게 원했지만 기대하지 않았던 물건을 얻었을 때의 표정이었다.

"하핫, 타이머라니……."

마치 초보 심마니가 천종산삼을 찾은 것같이 기분이 좋았다.

일이 되려다 보니 생각지도 않았던 타이머까지 득템한 셈이 됐다.

이게 중요한 것이 담용의 무사 탈출에 지대한 공헌을 하기 때문이었다.

이제 시간 차 폭발 반경 따위는 신경 쓰지 않고 맘대로 폭약을 설치할 수 있게 됐다.

담용은 혹시나 C4가 더 있을까 하고 뒤져 봤지만 전부 군용 비품과 잡동사니들뿐이었다.

살짝 모자란 감이 없지 않았지만 그래도 이게 어딘가?

"후후훗, 이 정도면 더 바랄 게 없지."

더 이상 폭약을 찾아 헤맬 필요가 없다고 여긴 담용이 재빨리 등에 멘 색을 풀었다.

C4와 기폭 장치 그리고 뇌관과 타이머를 색이 미어터지도록 욱여넣고는 둘러맸다.

행동에 방해되지 않도록 가슴과 허리벨트까지 단단히 조였다.

그때부터 담용의 행동이 빨라졌다.

이미 봐 두었던 로프를 가져와 C4 덩어리를 있는 대로 묶고는 아래로 늘어뜨렸다.

'2층이었지?'

수류탄과 크레모어 같은 폭발물이 쟁여져 있는 칸이었다.

철제 상자의 글귀 중 하나가 '手榴弾'이었으니 틀림없다.

숫자와 기호가 있었지만 어차피 터뜨려 버릴 참이라 세열수류탄이든 소이수류탄이든 그것은 중요하지 않았다.

오직 시너지 효과를 낼 수 있는 폭발물이라는 점만이 중요했다.

C4가 바닥에 닿자, 연이어 기폭 장치와 뇌관에 이어 타이머까지 몽땅 로프에 묶어 늘어뜨렸다.

'시간이 없다.'

그 즉시 렉을 타고 내려갔다.

담용의 손길은 그때부터 더 바빠졌다.

차크라의 나디를 전신에 두른 담용이 렉에 매달린 채 수류탄이 든 철제 상자를 하나씩 하나씩 바닥에 끌어내렸다.

"으차! 끙!"

차크라를 끌어 올리지 않았다면 꿈쩍도 하지 않았을 만큼 무거웠다.

지게차가 있는 것이 이해가 갔다.

한 상자, 두 상자, 세 상자…… 일곱 상자, 열 상자…… 스무 상자를 끌어내려 놓고는 나머지는 그대로 두었다.

크레모어 상자 역시 마찬가지였다.

바닥에 내려놓은 것만 모두 합해 무려 마흔 상자였다.

이어서 뚜껑이란 뚜껑은 몽땅 열어 버렸다.

그다음은 수류탄 상자들을 적재적소에 가져다 놓는 일이었다.

소리가 날 것 같아 질질 끌지 못하고 번쩍 들어서 옮기는 수고를 마다하지 않았다.

장소는 가능한 연쇄 폭발을 일으킬 만한 화약 무기류 근처였다.

이를테면 탄약류, 화학 무기, 범용 폭탄 등이었다.

아, 미사일 밑에도 한 쌍을 가져다 놓았다.

터질지 어쩔지는 담용도 알 수 없었다.

하지만 워낙 광범위한 탓에 수량이 모자라 더 가져다 놓을 수도 없었다.

부지런히 서두른 끝에 일은 금세 끝났다.

뭐, 출입구 쪽의 1층이야 유폭만으로도 전부 사라질 무기들이라 제외시켰다.

"후우!"

뻐근해진 허리를 쭉 폈다.

잠깐 사이 이마에 땀이 송골송골 맺혔다.

긴장감까지 더해진 탓인지 땀이 샘솟듯 줄줄 흘렀다.

아마 설상복이 아니었다면 옷이 흥건히 젖은 것을 볼 수 있었을 터였다.

그와 더불어 온몸이 따갑다는 느낌도 들었다.

무생물인 무기들이 자신들을 세상에서 지워 버리려는 담용에게 무자비한 눈총을 날려 보내는 느낌이 이렇지 않을까 싶다.

'후훗, 너무 긴장했나?'

어이없는 웃음을 흘린 담용이 손등으로 땀을 스윽 훔치고는 곧장 폭발물 작업에 들어갔다.

주물럭주물럭.

이미 가소제가 섞인 상태라 마음 내키는 대로 모형을 만들 수 있는 C4 폭약이다.

폭발?

천만의 말씀이다.

C4가 다이너마이트보다 좋은 건 무엇보다 그 절대적인 안전성 때문이었다.

오죽하면 C4로 라면을 끓일 수 있다는 우스갯소리까지 나올까?

사실 그게 가능한지는 끓여 보지 않아서 잘 모른다.

잠시 후, 모든 작업이 끝났다.

손을 탈탈 턴 담용이 만족한 표정을 자아냈다.

"됐어."

기폭 장치와 뇌관을 설치하고 타이머 시간까지 맞춘 C4는 수류탄 상자의 숫자와 같은 스무 개였다.

뭐, 건물이나 댐같이 거대한 물체를 무너뜨리지 않는 이상 C4의 양이 많을 필요는 없었다.

그래서 쪼개고 쪼갠 것이다.

C4가 더 있었다면 몽땅 썼을 것이나 그렇다고 다른 용도

로 남겨 놓은 것까지 쓸 수는 없었다.

타이머로 맞춘 시간은 정확히 1시간이었다.

즉 1시간 후에 폭발한다는 얘기다.

현재로서는 폭발의 여파가 어디까지 미칠지는 감을 잡을 수가 없다.

특전사 출신이라고는 하나 미사일까지 폭발하는 걸 경험한 적은 없었다.

단지 유추할 수 있는 것은 미사일과 범용 폭탄까지 터진다면 아마 지진을 방불케 하는 대폭발, 아니 대재앙이 일어날 것이라는 점이다.

만약 아니라면 119사단에 국한될 것으로 짐작이 됐다.

기실 미사일이나 범용 폭탄까지 쟁여 놓고 있을지는 담용도 생각지 못했던 일이었기에 폭파 장치를 해 놓고도 곤혹스러웠다.

'쯧, 아예 생각을 하지 말자.'

어차피 폭발의 여파가 어떤 연향을 끼칠지에 대해 생각해 보지 않고 잠입해 들어온 것이 아니었던가?

다만 한 가지 우려되는 점은 비록 이율배반적인 생각이긴 하지만 민간인의 피해가 없었으면 하는 바람뿐이었다.

만약 대재앙이 일어나 그들의 삶을 송두리째 앗아 간다면 일평생 내내 마음에 앙금으로 남을 것이다.

다행히 119사단이 민가와 멀찌감치 떨어져 있다는 것이 위안이 됐다.

"지금이…… 이런 벌써 4시가 다 됐군."

타이머는 계속 돌아가고 있는 상황.

'지금은 시간이 돈이 아니라 목숨이로군.'

아제 폭발 시간까지 길면 55분 정도 남은 셈이다.

타이머를 다시 세팅할 시간은 없다.

무사히 탈출하려면 지금이라도 폭발 시각에 시간을 맞춰 놔야 했다.

하지만 더 신경 쓰이는 것이 있었다.

바로 보초 교대 시간이 다 됐다는 것.

사전 답사 때 이미 계산해 놓고 여태껏 움직인 것도 거기에 맞춰져 있었던 것이다.

다행히 아슬아슬하긴 했지만 새벽 4시 전에 일을 끝낼 수 있었다.

취침 시간이 밤 10시였으니 초번이 12시까지이고 두 번째가 02시 그리고 세 번째가 04시에 교대한다.

무기고 주변은 제설 작업이 된 평지라 몸을 은닉하며 움직일 만한 곳이 없다.

군데군데 눈을 쌓아 놓은 두덩을 이용할 수 있겠지만 그마저도 동초들로 인해 곤란했다.

그래서 보초가 교대하는 순간을 이용하려는 것이다.

04시가 바로 세 번째 보초 교대 시간인 것이다.

보초 수칙 중 하나가 보초 근무 중 있었던 일을 다음 번초에게 알려 주는 것이었기에 서로 대화를 나누는 짧은 시간을 이용해 움직이려는 것이다.

즉 이런 평화 시에 매일 일상의 습관처럼 계속되는 보초 교대 시간이라 그때 잠시나마 흐트러지는 틈을 놓치지 않고 움직이겠다는 것이다.

'이런, 이러다가 늦겠다.'

폭발 시각을 맞춘 담용이 남은 C4를 챙겼다.

모두 여섯 세트.

신축 건물에 두 개, 지휘본부에 한 개, 유류고에 두 개를 박아 넣는 걸로 짜맞춘 것이다.

이미 세팅되어 있는 상태여서 시간 경과에 따라 타이머를 맞춰 놓으면 된다.

"가자."

생각했던 이상의 성과에 만족한 담용이 미리 파악해 둔 동선으로 움직였다.

담용이 걸음을 잠시 멈춘 곳은 절벽에 접한 무기고의 끝 지점인 벽체 앞이었다.

아니, 벽체라기보다 벽을 막고 있는 렉 앞이었다.

그러니까 미사일과 범용 포탄이 위치한 쪽이다.

이 지점은 절벽과 거의 맞닿아 있어 후문을 두지 않아 보초도 없는 곳이었다.

담용 역시 절벽을 이용해 이동할 작정이었다.

절벽 쪽은 무기고가 워낙 바짝 붙어 있는 탓에 동초가 지나거나 보초가 설 공간이 없다.

단지 제설 작업 때 밀어 놓았던 눈 더미만 수북했다.

그 대신 보안등의 숫자를 늘려 보초들이 수시로 응시하는 것으로 이상 유무를 확인할 수 있게 환희 밝혀 놓았다.

'보초는 모두 열 명.'

담용의 뇌리로 출입문에 두 명의 보초와 50미터 밖에서 무기고를 중심으로 양분해서 동초 여덟 명이 오가고 있는 것이 떠올랐다.

출입문 보초야 정면만 응시하고 있으니 허수아비나 다름없지만 동초는 조심을 해야 했다.

거기에 수시로 비추고 지나가는 서치라이트도 신경을 써야 했다.

'최대한 은밀히……'

동선을 이미 정해져 있지만 변수는 항상 존재하는 법.

일단은 바깥 동정부터 살펴야 했다.

마음을 먹은 즉시 차크라를 끌어 올려 고스트 트릭을 발현시키고는 머리를 들이밀었다.

벽체를 뚫고 나온 담용의 머리가 좌우를 빠르게 살폈다.

참으로 기괴한 모습.

역시나 동초들은 맡은 구역을 부지런히 오가고 있었다.

'어? 온다.'

저 멀리 총을 둘러멘 군인들이 열을 맞춰 오는 모습이 눈에 잡혔다.

'열세 명이군. 인솔잔가?'

하나가 더 많다는 건 아마도 한국처럼 당직사령이거나 사관이 병력을 인솔하고 오는 것이리라.

'당직사령이 직접 움직일 리는 없을 테고…….'

담용은 쑥 내밀었던 얼굴을 슬며시 집어넣어 안면만 도드라지게 했다.

완전히 내민 것보다 기괴한 분위기는 조금 나아 보였지만 마치 안면 조각상 같다.

어차피 벽체에도 내린 눈이 달라붙어 있는 상태라 유심히 보지 않는 한은 발각될 염려는 없었다.

그 상태에서 뜰을 살폈다.

연병장 같은 뜰은 제설 작업을 한 태가 역력했고, 군데군데 눈을 한데 모아 놓은 곳도 적지 않았다.

그 와중에 드문드문 잔디가 드러나 있기도 했다.

그러나 담용의 시선은 절벽 쪽으로 밀어 놓은 눈 더미로가 있었다.

거리는 대략 10여 미터.

절벽은 그 웅대함만큼이나 폭도 넓었다.

담용은 유류고를 가는 길을 다시 한 번 상기했다.

'스물두 개의 막사 그리고 변압기 그 옆에 창고 세 개 그다음이 유류 창고……'

막사와 막사 간의 간격을 10미터로 잡아도 족히 6백여 미터는 달려야 유류 창고에 도달할 것이다.

유류 창고는 위험물이란 특성상 부대 정문 근처에 위치해 있어 동선이 제법 길었다.

자칫했다간 발각되는 건 시간문제다.

더욱이 동초 교대가 무기고까지 왔다는 건 다른 곳은 이미 교대가 끝났다는 의미였고, 이는 보초들이 맑은 정신을 유지하고 있다는 뜻이 된다.

꽤나 성가신 일이고 주의를 기울여야 할 일이었다.

그러나 고민은 길지 않았다.

'어쩔 수 없다. 눈 더미에 파묻혀 통과한다.'

가능할까 하는 생각은 없다.

쇳덩이도 통과하는 판에 밀도가 형편없는 눈 더미쯤이야.

제설한 눈을 절벽으로 몰아붙인 탓에 꽤나 두껍고 높다는 것이 가능성을 점치게 했다.

문제는 절벽 쪽으로 무사히 가야 한다는 것.

비록 설상복을 입었다지만 사위가 정물로 고요하게 내려앉은 시각에 움직인다는 것은 설사 보초들이 한눈을 팔고 있더라도 금방 낌새를 느낄 확률이 컸다.

'왔군.'

동초 하나가 서서쏴 자세를 취하며 얕게 소리를 질렀다.

뭐, 보초라면 누군지 짐작하면서도 보초 수칙대로 해야 하는 의무 사항이다.

"콩주!"

'어? 암구호?'

얼른 나디를 귀로 집중시켰다.

"펑정."

이건 당직사관의 입에서 나온 암구호였다.

'펑……정?'

분명히 그렇게 들렸다.

'연 날리는 걸 뜻하는 말인데…….'

중국어를 공부하면서 가끔 문화나 풍속에 대한 사진이 실린 걸 보게 됐는데, 그때 본 적이 있어 기억하고 있었다.

'전통 놀이를 암구호로 정한 거로군.'

암호를 정할 때, 엉뚱하기보다 대부분은 서로 관련이 있거나 연상되는 단어를 정하는 경우가 많다.

고로 모르긴 해도 콩주도 전통 놀이 중 하나일 확률이 높았다.

'펑정이라…….'

이거 혹시라도 필요할 때를 대비해서 알아 둘 필요가 있었다.

암구호를 날렸던 동초가 뭐라고 했다.

알아듣긴 어려웠지만 아마도 '근무 중 이상무' 같은 거겠지.

당직사관이 손짓으로 동초들을 모이게 했다.

무기고 보초는 교대자가 올 때까지 제자리를 지키고 있어야 했다.

동초들이 움직이지만 아직은 기다릴 때였다.

당직사관의 시선이 무기고 벽 쪽으로 향해 있었기에 단박에 표가 날 것 같아서였다.

흩어져 있던 동초들이 한데 모이면서 앞에총 자세를 취하면서 경직된 모습을 보였다.

이때가 움직일 기회이긴 했지만 아직도 주번사관이 시선을 돌리지 않고 있어 참을성 있게 기다렸다.

이미 언급했듯 경비견은 걱정할 필요가 없었다.

당직사관이 뭐라고 종알거리더니 교대하기 위해 대기하고 있던 병사들 쪽으로 고개가 돌아갔다.

일렬종대로 서서 대기하고 있던 병사들 역시 시선을 무기고 쪽으로 향하고 있었지만 다행히 앞을 가리고 있는 동초들이 방해가 되어 자신을 보지 못할 것이라 여겼다.

'지금이다.'

쑤욱 빠져나온 담용이 잽싸게 움직여 순식간에 눈 더미 속으로 다이빙하듯 처박혔다.

퍽!

소리가 날 수밖에 없었다.

'이런 제길…….'

바인더북

담용의 활약

"어! 저, 저기……."

담용이 눈 더미에 처박히자마자 들려오는 보초병의 목소리.

"쩐 상등병, 왜 그래?"

"리용 상사님, 저, 저기 뭔가 움직이는 걸 봤습니다."

"뭐? 어디?"

리용 상사의 고개가 홱 돌면서 허리에 찬 권총을 잡았다.

"엉? 없잖아?"

"트, 틀림없이 봤습니다."

"그런데 모모는 왜 가만히 있지?"

경비견 이름이 모모인 듯했다.

"그러게요. 이상하네요. 전 분명히 봤는데…….."

"사람이었나?"

"그게 저…… 얼떨결에 본 거라 사람인지 짐승인지는 잘……. 하지만 눈 뭉치가 떨어지는 것 같은 소리까지 들었습니다."

"소리마저 모모가 못 들었다? 말이 된다고 생각해?"

"그게…….."

'표정을 보니 거짓은 아닌 것 같은데…….'

쩐 상등병의 표정에서 억울하다는 기색을 읽은 리용 상사의 말투가 부드러워졌다.

야간 보초의 특징은 뭐든 의문이 생기면 반드시 확인해 보고 결과를 도출해 내야 한단 것이다.

"됐다. 모모도 피곤하면 그럴 수 있지."

"하긴 제 생각에도 모모가 왜 가만히 있는지 이상하긴 합니다."

"직접 확인해 보면 될 일. 어디로 움직였나?"

"무기고 끝 부분에서 저기 눈 더미 쪽으로 사라졌습니다."

"확실해?"

"넵, 확실합니다."

"만약 누군가가 벽에 붙어 있었다면 보초를 잘못 섰다는 얘기잖아?"

"상사님, 저흰 근무를 확실히 섰습니다. 정말입니다."

"이봐, 방금 뭐가 움직였다고 했잖아? 그게 거짓말이었어?"

"아, 아닙니다. 분명히 봤습니다."

쩐 상등병의 목소리가 조금 커지는 걸로 보아 확실히 뭔가를 본 것 같긴 했다.

"착시 같지는 않았나?"

보초를 서다 보면 가끔은 나무가 사람으로 보이는 등의 착각을 하는 경우가 더러 있기에 하는 말이었다.

그래서 한곳만 오래 쳐다보지 말라는 행동 수칙이 있는 것이다.

"확실합니다."

"좋다. 조금이라도 이상 징후가 있었다면 확인하는 게 옳다. 지금부터 동초 교대자가 보초를 선다. 위치로."

"위치로."

교대하러온 동초 근무자들이 흩어지자, 리용 상사가 남은 병사들에게 말했다.

"나머지는 확인을 해 본 후에 돌아가도록 한다. 만약을 모르니 안전 고리를 풀고 일렬횡대로 따라오도록."

"상사님, 무기고 보초는요?"

"어차피 거기까지 갈 테니 그때 교대해."

"옙!"

"모모를 풀어 줘."

"예."

쩐 상등병이 모모의 끈을 풀었다.

그러자 줄곧 심드렁해 있던 모모가 득달같이 달려 나가는 것이 아닌가?

"이런! 정말이었어! 모두 뛰어!"

리용 상사를 포함한 병사 스물세 명이 뜰을 빠르게 가로지르며 달려갔다.

담용이 사라진 눈 더미까지는 거리가 그리 멀지 않아 금세 도착했다.

컹컹. 컹컹컹…….

이미 도착한 모모가 눈 더미에 머리를 처박고는 꼬리가 떨어져 나갈 정도로 흔들어 대며 연방 짖어 댔다.

"모모 녀석이 왜 이래?"

"글쎄요."

"꼬리는 흔든다는 건 친근하다는 거지?"

"예."

모모의 반응은 뭐가 나타났든 결코 낯선 자가 아니라는 증거여서 리용 상사의 얼굴은 의문부호로 가득했다.

'뭐야? 마치 암놈이라도 만난 것같이 행동하다니.'

"여기가 맞긴 한 거야?"

"예, 이 부근이 맞습니다."

"모모를 붙들고 손전등을 비춰 봐."

"옙!"

쩐 상등병이 모모를 끄집어내고 어깨에 걸었던 손전등을 손에 쥐었을 때, 리용 상사가 권총을 겨누며 소리쳤다.

"모두 총 겨눠!"

척! 처처척!

병사들이 들 있던 소총의 총구를 눈 더미에 고정시켰다.

"상사님, 여기 구멍이 나 있습니다."

"나도 봤다."

동혈같이 푹 꺼진 구멍은 제법 컸다.

"사람이 들어갈 만한 크깁니다."

"앞으로!"

처처척. 처척.

"쩐 상등병, 들어가 봐."

"예……옙!"

"여차하면 발사해 버릴 테니 염려 말고 들어가!"

"옙!"

쩐 상등병은 선뜻 내키지 않았지만 명령이라 어쩔 수 없이 손전등과 총구를 바짝 들이민 채, 머리를 집어넣었다.

황급히 손전등으로 내부를 살피니 좌측은 막혔고, 우측이 뻥 뚫려 있었다.

사람이 허리를 숙인 채 간신히 지나갈 정도의 구멍이었다.

"상사님, 좌측은 막혔고 우측으로 구멍이 나 있습니다."

"뭐라? 우측?"

"예."

"정말 뭐가 있었던 거야, 뭐야?"

"어? 막혔습니다."

"엉? 막혔다고?"

"예, 눈이 내려앉은 것 같습니다."

"하긴…… 이제 나와도 돼."

쩐 상등병이 나오자, 리용 상사가 물었다.

"우측이 확실하지?"

"예, 무기고 뒤뜰로 간 것 같습니다."

"좋아, 모두 따라와."

"상사님, 모모가 움직이질 않습니다."

"오늘 개가 이상해. 놔두고 따라와."

또다시 우르르 몰려간 뒤뜰은 여느 때나 마찬가지로 보안
등만 요요한 채 적막만이 내려앉아 있었다.

"뭐야, 아무것도 없잖아?"

"잠깐만요."

쩐 상등병이 쪼르르 달려가 한곳에 멈추더니 무릎을 꿇고
앉았다.

뒤따라온 리용 상사가 물었다.

"뭐냐?"

"상사님, 여기 눌린 자국만 있지 발자국 같은 건 없습니

다."

"동초를 설 때는 있었나?"

"평소처럼 슬쩍 들여다보고만 간 터라 자세히 보지는 못했습니다."

하긴 딱히 살펴볼 일이 없는 곳이라 늘 그래 왔었다.

절벽과 너무 붙어 있는 데다 나무 한 그루 없는 곳이었으니까.

그걸 알기에 지금에 와서 새삼 따지고 들 일이 아니었다.

"무엇일 것 같나?"

"글쎄요. 뭐에 눌린 자국인 것 같기는 한데…… 짐작하기가 어렵습니다."

절레절레.

머리를 흔든 쩐 상등병이 손전등으로 사방을 비춰 보다가 무기고 처마까지 확인하더니 말했다.

"이거 말고는 다른 이상은 없는 것 같습니다."

"그럼, 눈 더미의 구멍은 뭐냐? 그냥 생겼을 리는 없잖아?"

"……."

"모두 주변을 샅샅이 훑어봐!"

"옛!"

부하들에게 지시를 내린 리용 상사가 쪼그려 앉으며 말했다.

"절벽에서 짐승이 실족했다면 어육이 돼서 피가 낭자했을 거다. 설사 기적적으로 살아났다고 해도 이동한 흔적이 없 잖아?"

"예, 앞뒤가 하나도 연결되지 않습니다."

"나 역시도 그래. 의문이긴 하지만……."

잠시 염두를 굴리던 리용 상사가 지시를 했다.

"아무래도 무기고 안을 살펴봐야겠다. 우리가 모르는 일 이 벌어졌을 수도 있으니 말이다."

"상황실에서 열쇠를 가져와야 합니다."

"알아. 난 출입문 쪽으로 가 볼 테니 쩐 상등병은 무기고 열쇠를 가져오도록."

"상사님, 무기고를 열려면 당직사령님의 허락이 있어야 합니다. 근데 지금 안 계시잖습니까?"

상등병이면 병사들 중 쩜밥 경력이 오랜 고참이라 아는 것 이 적지 않은 쩐 상등병으로서는 당연히 할 말이었다.

"알아. 하지만 당장 확인해야 할 일이니 어쩔 수 없다."

"그래도 절차를 밟지 않으면 상사님이 불이익을 당할 수 있습니다. 전화를 해서 허락을 받으셔야 합니다."

"인마! 지금이 비상사태냐, 전화까지 하게? 선조치, 후보 고! 몰라?"

"아, 압니다."

"좋아. 이상이 없다면 아무 일도 없는 게 되겠지만 혹시라도 이상이 있으면? 네 녀석이 책임질 거야?"

"……."

"책임자는 나다. 넌 내가 시키는 대로만 해."

"아, 알겠습니다."

"당직사령께서는 곧 오실 것이다. 4시까지는 오겠다고 했으니까. 그러니 빨리 튀어 가! 이건 명령이닷!"

"옙!"

대답하자마자 쩐 상등병이 뒤로 돌아 내달렸다.

리용 상사가 병사들이 뒤뜰을 살피는 것을 보고는 무기고 출입문으로 향했다.

"정지! 콩……."

"아, 됐다. 됐어. 당직사관이다."

암구호를 물어보려던 보초에게 손을 저어 말린 리용 상사가 말을 이었다.

"이상 없나?"

"옙! 이상 없습니다."

"혹시 뒤뜰에서 소리가 나는 걸 듣지 못했나?"

"드, 듣지 못했습니다."

"확실해?"

"옛!"

대답하는 태도로 보아 두 명 모두 졸거나 한 것 같지는 않아 보였다.

리용 상사가 우측 병사를 가리켰다.

"너, 뒤뜰에 있는 애들을 불러와."

"옙!"

잠시 후 병사들이 모일 즈음, 열쇠를 가지러 간 쩐 상등병
이 도착했다.

"상사님, 가지고 왔습니다."

"쪽문만 열어."

"옛!"

마침내 출입문 한편에 사람이 드나들 수 있도록 한 작은
문에 달린 자물쇠가 열렸다.

"불을 켜!"

"옛!"

리용 상사의 지시에 쩐 상등병이 전기 단자함에 손전등을
비췄다.

"어?"

"왜 또 그래?"

"상사님, 단자함이 뭉개져 있습니다."

"뭐라? 그게 무슨 소리야?"

"이걸 좀 보십시오."

무기고 안으로 급히 들어서 단자함을 본 리용 상사 역시
어이없는 표정을 짓기는 마찬가지였다.

"이, 이게 왜 이렇게 돼 있어?"

"모, 모르겠습니다."

"젠장, 이 녀석들이! 조심 좀 하지."

리용 상사는 물품을 수령하다가 부딪쳐서 뭉개진 걸로 판단했다.

그러나 여기까지 와서 무기고의 이상 유무를 확인하지 않는 건 멍청한 짓이라 예의 초병을 불렀다.

"이봐! 너!"

"옛!"

"병참과에 가서 팡 상등병을 찾아 전기를 만질 수 있는 병사와 같이 오라고 해!"

"알겠습니다."

"쩐 상등병, 어차피 갈아야 할 테니 뚜껑을 뜯어내!"

"옛!"

손전등을 리용 상사에게 건넨 쩐 상등병이 지천으로 깔린 공구들 중 하나를 골라 단자함 뚜껑을 뜯어내기 시작했다.

단자함 크기가 작지 않아 시간이 조금 걸렸지만 마침내 뚜껑이 떨어져 나갔다.

그러나 단자함 내부의 상태가 엉망인 것을 확인한 리용 상사의 표정이 휴지처럼 구겨졌다.

"이, 이럴 수가!"

리용 상사가 병사들과 함께 무기고가 열리기를 기다리고 있을 무렵, 담용은 이미 유류고에 도착해 철조망을 응시하고 있었다.

거리가 무려 6백 미터가 넘는 눈 더미를 염동역장을 발현시킴과 동시에 전신을 금속마저 뚫어 버릴 수 있는 사이킥 드릴로 무장해 일로 내달린 덕분이었다.

당연히 우측을 뚫어 기만책을 쓴 후 좌측으로 내닫는 즉시 입구를 무너뜨려 경비견을 무력화시켜 버렸다.

눈 더미를 무너뜨린 이유는 친밀감을 활성화시키는 이터머시 수법으로 인해 경비견이 무작정 쫓아오는 사태를 사전에 차단하기 위함이었다.

눈 더미가 끝날 때까지 내달리느라 지금 위치한 곳이 유류고 출입구가 보이는 측면인 것이다.

그러니까 제설 작업 자체가 막사는 막사대로 밀어 내고 유류고는 유류고 대로 밀어 내다 보니 절벽에서 보면 'ㄱ' 자 형태로 꺾여 있었던 것이다.

아무튼 눈 더미 끝에서 눈만 빼꼼 내놓고 살피는 담용이었다.

'규모가 만만치 않네.'

주유소처럼 주유기가 있는 것으로 보아 저장 탱크는 당연히 존재했고, 눈에 보이듯 'ㄷ' 자 형태로 산더미처럼 쌓인 드럼통도 압권이었다.

'주유기가 네 개라는 건, 저장 탱크가 두 개 이상이라고 보면 되겠군.'

뭐, 하나뿐일 수도 있지만 탱크 한 기에 주유기를 두 대 정도 설치하는 건 상식이었다.

'다섯 조에 열 명이로군.'

예상한 인원 그대로였다.

유류고 역시 보초에 동초가 복수 경계를 하고 있는 상황이었다.

출입구 한 개 조에 각기 두 개 조씩 유류고를 둘러싼 철조망 안을 오가고 있는 상황.

당연히 이곳 역시 경비견 한 마리가 함께하고 있었다.

'경비견만 조심하면 되겠어.'

너무 과한 농도의 이티머시로 친밀감을 높이는 건 정신없이 달려드는 터라 곤란했다.

아직은 눈 더미에 파묻혀 눈만 드러내 놓고 있는 상태라 경비견이 후각이나 청각으로도 낌새를 느끼지 못하고 있는 중이었다.

유류고는 주유기가 위치한 곳만 지붕이 있는 구조라 나머지는 오픈 상태여서 몸을 숨길 곳이 마땅치 않아 살짝 고민이 됐다.

다행히 동초들이 바깥만 경계하고 있어 산더미처럼 쌓인 드럼통 안으로 들어가기만 하면 시야가 차단되었다.

다만 출입구 보초의 시선만 유의해서 작업하면 만사형통이다.

탈출로를 걱정할 필요는 없었다.

이유는 제설 작업한 눈을 담장처럼 쌓아 놓았기에 그걸 탈출 통로로 이용하면 충분하다는 생각에서였다.

문제는 시야를 가리지 않기 위함이었던지 눈을 쌓아 놓은 높이가 가슴 어름 정도라는 점이었다.

그래서 허리를 잔뜩 구부리거나 기어야 한다는 것이다.

사전 답사 때는 생각지도 못했던 이동 방식이었지만 이 역시 현장 상태를 자신에게 유리하도록 만드는 것은 침투자의 임기응변에 따른 능력이라 할 수 있었다.

담용을 도와주는 것은 또 있었다.

그것도 두 가지나 됐다.

하나는 눈 더미가 지휘소와 신축 건물 쪽으로 길게 이어져 있다는 것.

그것도 군대답게 구부러진 모양이 아닌 직각의 형태여서 번거로울 것도 없었다.

다른 하나는 경비견이 부대의 경계 지점인 유류고 바깥쪽 동초와 함께하고 있다는 점이었다.

내부의 경계보다 외부의 경계에 더 무게를 두고 있음을 알 수 있는 장면이다.

'거참, 다 좋은데…….'

하나, 정작 담용의 고민은 다른 데 있었다.

다름 아닌 드럼통에 가득 차 있을 기름이 액체라는 것.

고스트 트릭이 고체를 통과한다는 것이야 이미 충분히 경험해 봤지만 액체는 어떨지 짐작도 가지 않았던 것이다.

그래서 보초와 동초를 처치해 버릴까 하는 마음까지 들었다.

조금 전에 교대를 했으니 시간도 널찍하지 않은가.

그러나 그건 별로 좋은 생각이 아니어서 금세 접었다.

부검의가 폭발 전의 사전 경직된 사체를 구분하지 못할 리가 없다는 것이 그 이유였다.

고로 향후 중국 당국이 폭발의 원인을 찾아 헤매게 하려면 감쪽같이 해치워 귀신이 곡할 노릇이란 말이 나올 정도는 돼야 했다.

'까짓것 해 보자.'

실패하면 어쩔 수 없이 해치워야겠지만.

스스슥.

담용은 자리부터 이동했다.

유류고의 측면에 다다른 담용이 다시 한 번 눈을 빼꼼 내밀었다.

때마침 동초 네 명이 막 조우하고 뒤돌아서고 있었다.

때를 놓칠세라 손에 든 폭발물을 다시금 고쳐 잡고는 무기고 벽체로 돌진하던 때를 경험 삼아 나디를 발바닥에 잔뜩 심었다.

이게 사이킥 에어플라이라는 생각은 들지 않았지만 몸이 깃털처럼 가벼워진 느낌은 확실했다.

몸이 붕 뜨는 찰나, 고스트 트릭을 전신에 휘감았다.

파앗.

담용의 몸이 허공을 박차고 오름과 동시에 그를 덮고 있던 눈뭉치가 따라 올랐다.

눈뭉치가 흩어지면서 미미한 소리를 냈지만 동초들은 듣지 못한 듯했다.

하지만 눈뭉치가 바닥에 떨어지는 소리까지 듣지 못한 것은 아니었다.

퍼석! 퍼석!

"누구냐!"

네 명의 동초가 동시다발로 돌아서며 소리가 난 곳을 향해 앞에 들었던 총을 재빨리 겨눴다.

하지만 눈에 들어오는 것이 있을 리가 없다.

다만 동초들의 시선이 바닥에 떨어진 눈뭉치에 쏠릴 즈음 담용의 신형은 드럼통과 막 부딪치고 있었다.

그걸 알아차리는 동초는 아무도 없었다.

잔뜩 긴장한 담용이 드럼통과 부딪친다 싶은 순간, 고스트 트릭 수법을 한계치까지 발현시켰다.

쑤욱.

담용의 몸이 드럼통으로 빨리듯 스며들며 사라졌다.

"뭐야? 쌓인 눈이 떨어진 거였어?"

"아니, 무너진 것 같은데?"

"그 말이나 이 말이나."

"아무튼 깜짝 놀랐네."

"별것 아니다, 모두 위치로."

"위치로."

동초들이 본연의 임무로 돌아갈 때, 드럼통을 통과한 담용의 몸은 허공에 붕 떠 있었다.

'이런! 발바닥에 나디를 너무 심었구나.'

하지만 중력을 거스를 수는 없는 일.

발바닥에 심었던 나디를 거두어들이자 하강 속도가 더 빨라졌다.

'젠장 할…….'

'퍽' 소리를 내며 유류고 바닥을 한 바퀴 구른 담용이 잽싸게 주유기 뒤로 몸을 숨겼다.

소리를 듣지 못했을 리가 없는 보초가 손전등을 비쳤는지 두 개의 불빛이 어지럽게 오갔다.

잠시 후, 별 이상이 없음을 확인했는지 불빛이 사라졌다.

'연습을 좀 해야겠구나.'

발바닥에 나디를 심는 분량의 조절이랄까.

오늘 처음 시도하다 보니 조절이 되지 않아 하마터면 일을 망칠 뻔했다.

하지만 새로운 수법 한 가지를 발견했다는 데 의미를 두고 싶은 마음이 더 컸다.

그것이 사이킥 에어플라이든 아니든 상관없이 말이다.

'시간이…….'

벌써 03시 22분이다.

이미 같은 시각에 타이머를 맞춰 둔 터라 아무 곳이나 놔둬도 상관없었다.

유류고 전체가 위험천만한 폭발물 덩어리니까.

'주유기에 하나 드럼통 쪽에 하나면 충분하겠지.'

결정을 하자, 고양이처럼 재빨리 움직여 주유기 아래와 드럼통 더미 사이에 C4를 반듯하게 올려놓았다.

폭발의 여파가 어디까지 미칠지 몰라 가능하면 119사단과 멀리 떨어져야 했기에 미련 없이 돌아섰다.

고로 마음이 바쁠 수밖에 없는 담용이 그 즉시 드럼통 꼭대기에 올라 몸을 숙였다.

동초들을 살피니 여전히 시계추처럼 오가고 있었다.

역시나 서로 마주 본 뒤 돌아서는 그때가 눈 더미 속을 파고드는 기회였다.

지금은 서로를 향해 다가오고 있는 중이라 움직이기 곤란했다.

'한눈파는 애들이 없네.'

거기에 걸음걸이까지 보폭에 발을 맞추는, 절도 있는 행동들이다.

'동초는 적당히 유연해야 하는데…….'

저렇게 경직된 행동은 시야가 좁아지기 마련이라 동초의 행동으로는 별로 권장할 게 못 된다.

잠시 기다리자, 동초들이 서로를 마주 보고는 다시 돌아섰다.

한 걸음, 두 걸음, 세 걸음…… 여섯 걸음.

'지금이다.'

마음먹은 즉시 발바닥을 가볍게 한 담용이 송골매가 먹이를 낚아채듯 눈 더미를 향해 몸을 던졌다.

퍼억!

이번에는 소리가 제법 컸다.

"헛! 누구냐!"

타다다다.

'퍼억' 하는 소리가 나는 동시에 동초 네 명이 약속이나 한 듯 득달같이 달려왔다.

"뭐야? 또 눈이 무너진 거였어?"

"불 좀 비춰 봐."

그 즉시 손전등이 비춰지고 눈이 함몰된 흔적이 역력한 모습이 드러났다.

"뭔가 좀 이상한데?"

"뭐가?"

"눈이 무너졌다기보다 뭔가에 짓눌린 흔적 같지 않아?"

"지랄, 여기 짓눌릴 게 뭐가 있다고?"

"그렇긴 한데……. 에이, 나도 모르겠다."

"별것 아니다. 모두 위치로 가!"

눈이 무너진 걸로 치부해 버린 동초들이 제자리를 찾아갔다.

대체 무슨 짓을 한 거야?

"헐! 이게 다 뭐야?"

눈 더미를 열심히 헤쳐 온 담용은 보초들을 무용지물로 만들어 버리고는 마치 제집인 양 신축 건물에 들어서자마자 어안이 벙벙한 표정을 자아냈다.

겉에서 보기보다 넓은 신축 건물은 창고였다.

담용은 계획했던 대로 C4 두 개를 던져 놓고 나가려다가 국방색 철제 하드 케이스들로만 켜켜이 쌓여 있다는 점이 이상해 호기심이 생겼다.

'좋아, 딱 1분만.'

그 짧은 1분이 자신의 목숨을 좌우할지도 모른다는 것을 알지만 값비싼 정보를 얻을 수 있다면 모험을 해 볼 만했다.

게다가 잠금장치로 단단히 봉해져 있는 데다 아직 개봉도 하지 않은 신품이란 것에 마음이 더 동했다.

　실물이 없다는 것이 조금 아쉬웠다.

　'뭐라고 적힌 거야?'

　철제 박스에 달린 꼬리표를 들여다보았다.

　근데 촉감이 무척 부드럽다.

　'얼라리?'

　단 한 글자도 아는 게 없는 문자였다.

　하지만 눈에는 익었다.

　'러시아어?'

　러시아 특유의 글자인 키릴문자였다.

　키릴문자는 변형된 알파벳 글자라 'H'가 'N' 발음이 나고 정작 'N'은 'E' 발음이 난다.

　고로 러시아어를 공부한 적이 없는 담용이 알 턱이 없었다.

　아, 그나마 꼬리표 말미에 아는 글자가 있긴 했다.

RS-24MIRV

　"RS라면?"

　러시아를 표시하는 글귀다.

　24MIRV는 무얼 뜻하는지 모르겠다.

'중국이 러시아 무기를 많이 수입한다더니 정말이었군.'

특전사 시절 들은 적이 있었다.

또 무기를 분해해 모방한다는 것도 안다.

간섭쟁이에다 따라쟁이가 중국인 것이다.

아, 뭐든 부풀리는 허풍쟁이이기도 하다.

'흠, 부대에 있으니 무기일 것은 분명할 테고…….'

그것도 딱 짐작이 가는 건 신무기밖에 없었다.

철제 박스 자체가 고급스러운 것만 봐도 엄청 비싼 무기라는 걸 알 수 있었다.

'목록이 있을 텐데…….'

시간상 창고 전체를 둘러볼 수가 없어 대충 돌아봤지만 장부 비슷한 것도 보이지 않았다.

'할 수 없다.'

담용은 부지런히 돌아다니며 꼬리표란 꼬리표는 있는 대로 전부 뜯어 주머니에 구겨 넣었다.

국내의 무기 전문가들이라면 내용을 알 수 있을 것이라는 생각에서였다.

이것이 중요한 것은 만약 향후 중국의 군사적 의도를 유추할 수 있는 것과 그에 대한 대처에도 도움이 될 것이라는 점이었다.

모르고 당하는 것과 짐작하고 있다가 적절히 대비하는 것은 천지 차이다.

'시간이……'

03시 38분이었다.

'이런!'

폭발 22분 전.

다급해진 시각이었다.

이렇게 되면 지휘본부에 들를 시간이 없다.

'HQ는 포기다.'

미련을 버리고 남은 3개의 C4를 렉 사이에 쑤셔 박았다.

'이거…… 자칫하다간 늦겠는걸.'

늦는다는 건 폭발에 휩쓸린다는 뜻.

불현 듯 공안국이 폭발할 때의 일이 떠오른 담용이 탈출에 거추장스런 설상복을 벗었다.

까만 쫄쫄이차림이 전신의 곡선을 그대로 드러냈다.

무기라고는 종아리 어름에 부착한 대검 하나가 전부였다.

'서둘지 말자.'

시간에 쫓겨 천추의 한을 남겨서는 안 되었다.

담용은 잠시 자신이 할 수 있는 것과 불가능한 수법을 되뇌어 보았다.

'멀티플렉싱…… 가능할까?'

지금은 위기상황이라 가진 능력을 전부 발휘해야 할 때였다.

멀티플레싱multiplexing(복합법)은 두 가지 이상의 초능력을 하나로 합치시키는 수법이었다.

'차크라로 몸을 가볍게 하고 나디를 발바닥에 집중시켜 몸을 깃털처럼 만들고 더불어 도약력까지 배가시켜야 탈출이 가능하겠군.'

아, 또 한 가지가 더.

바로 어시멀레이트(동화) 수법 역시 발현시켜야 했다.

그것도 탈출하는 도중 시기적절한 때에 맞춰야 하는 상황.

2차 각성을 했다지만 초능력 수법을 다중으로 발현시켜 전개한다는 발상도 처음이었고, 시도 자체는 더더욱 그랬다.

어렵다. 아니 애초 능력이 발휘되지 않을지도 몰랐다.

아직은 무리라는 생각이 지배적인 멀티플렉싱 수법이었지만 그 수법이 아니면 발각되는 건 시간문제였다.

특히 아래로 내려다보면서 경계하는 담장의 감시초소를 invisible man(투명인간)이 아닌 이상 피할 길이 없었다.

물론 사이킥 인비저블 수법이 있다고는 하지만 누구에게나 허락되는 경지가 아니었다.

2차 각성으로도.

고로 성공 여부는 하늘에 맡길 뿐이다.

'후.우.우-!'

심호흡 끝에 차크라를 한껏 운기해 나디를 두 다리에 집중적으로 심었다.

특히 두 발바닥에 나디를 두껍게 둘러 몸을 최대한 가볍게 했다.

나디의 분량이 조금 과했는지 발바닥이 간질간질했다.

처음 느껴 보는 감각이었지만 애써 무시했다.

지금은 무조건 안전하게 탈출하는 것이 우선이었다.

'일단 지붕으로.'

렉을 타고 오른 담용이 고스트 트릭 수법으로 지붕을 통과해 올라섰다.

신축 건물의 위치는 부대를 전체적으로 세분해 보면 위병소 쪽으로 3분지 1 지점에 배치되어 있었다.

그렇다고 해도 외곽 철조망까지는 대략 3백 미터 정도를 달려야 도달할 수 있었다.

즉 담용이 사전에 답사했던 야산 방향이었다.

시간이 없는 지금 발바닥에 심은 나디를 극한까지 시험해 보고 싶은 담용이었다.

그 전에 탈출로의 동선을 다시 살필 필요가 있었다.

군부대의 특징 중 하나는 공군의 관제탑을 제외하면 높은 건물이 거의 없다는 점이었다.

119사단 역시 마찬가지여서 무기고만 제외하면 전부 고만고만한 높이였다.

탈출로의 순서는 눈앞에 보이는 지휘본부의 지붕에 올라서는 것이 가장 먼저였다.

'거리가……'

30미터는 넘을 것 같았다.

평소 같으면 단 한 번의 도약으로 건너뛰기에는 엄두도 내지 못할 거리.

그러나 지금은 발바닥에 잔뜩 몰아 놓은 나디를 믿는 마음이 컸다.

안 되면?

생각하기도 싫다.

차크라의 나디를 운용할 줄 몰랐다면 담용이 아무리 초능력자라도 부대 잔류병들과 함께 산화할 수밖에 없는 처지가 될 것이다.

탈출하다가 나디의 과부하로 인해 발바닥이 터져 나가도 어쩔 수 없는 상황.

반드시 이곳을 벗어나야만 했다.

자신은 할 일이 무지 많은 사람이 아니던가?

다행히 공안국 때처럼 차크라가 고갈되는 기미가 느껴지지 않는다는 것이 큰 힘이 됐다.

지금은 새벽의 여신이라 불리는 오로라Aurora의 때.

즉 흔히 새벽, 여명, 일출까지를 뭉뚱그려 새벽이라고 말하는 시기다.

그중 새벽과 여명 사이가 가장 어둡다고 하는 때였다.

담용이 설상복을 벗어 버리고 까만 쫄쫄이 레깅스 차림으로 바꾼 이유도 거기에 있었다.

먼저 발바닥을 문질러 딛고 있는 부분의 눈을 단단하게 굳혔다.

스윽. 슥. 스윽. 슥.

'후우웁!'

숨을 크게 그리고 길게 들이마셨다.

약간의 긴장으로 전신의 근육을 적당하게 이완시킨 다음, 몸을 최대한 가볍게 띄우는 기분이 되게 했다.

물론 겉으로 드러나는 건 아니었지만 발바닥만큼은 나디로 고조시켰다.

담용의 시선이 지휘본부 지붕마루를 응시했다.

목표로 하는 지점은 지붕마루 한가운데였다.

정확한 지점에 발을 디뎌야 다음 동작이 가능했기에 결코 소홀히 할 수 없는 착지지점이었다.

'하아앗!'

순간, 마침내 담용의 신형이 바닥을 박차고 올랐다.

파파팟.

슈아아아—!

그야말로 물을 차고 오르는 제비가 따로 없는 몸놀림은 빠르고 가벼웠다.

새벽의 찬 공기가 전신을 엄습해올 즈음, 담용은 이미 지붕마루를 박차고 있었다.

'타앗!'

파아앗!

내심 내지르는 기합성만큼이나 담용의 신형이 위로 솟구치더니 지대가 낮은 중대본부 막사의 지붕마루를 향해 일직선으로 쏘아 갔다.

시위를 떠난 화살이 이럴까?

쏜살같은 속도에 그 아래의 동초들은 낌새조차 알아채지 못하고 있었다.

중대본부의 지붕마루를 박찬 담용은 차크라의 일부를 운용해 어시멀레이트(동화)를 발현시켰다.

자신을 어둠에 동화시켜 감시초소의 눈을 현혹시키기 위해서였다.

그것이 가능한지는 담용도 확인할 길이 없다.

다만 결과가 성공의 여부를 말해 줄 것이다.

초병을 속일 수 있다면 성공일 테고 발각된다면 멀티플렉싱 수법이 실패한 것일 터.

지금은 차크라로 몸을 가볍게 하는 것과 발바닥에 나디를 집중시켜 몸을 깃털처럼 만듦과 동시에 도약력까지 한꺼번에 시전하고 있는 중이었으니 멀티플렉싱 수법이 제대로 전개되기를 간절히 바랄 뿐이었다.

이론으로만 숙지하고 있던 것을 초현하다 보니 결과를 짐작할 수 없었다.

어쨌든 수차례의 도약으로 탄력을 받은 신형은 줄지어 있는 부속 창고 지대를 연거푸 건너뛰며 어느새 윤형 철조망 지대를 눈앞에 두고 있었다.

몸을 가볍게 한 때문인지 소음 하나 일지 않았다.

담장의 감시초소도 어둠에 동화된 담용을 인식하지 못했던지 조용했다.

여기까지는 멀티플렉싱 수법이 통했다는 뜻이다.

그러나 어느 순간, 별안간 힘이 쭈욱 빠지는 느낌이 오고 철조망으로 쏘아 가던 담용의 몸이 급전직하하기 시작했다.

'이런, 젠장할.'

찰나에 드는 생각은 초능력 수법을 포기하는 것이었다.

'그래. 탄력!'

아직 쏘아 오던 탄력이 남아 있어 그대로 몸을 내던지는 상태에서 초능력 수법을 흩어 버렸다.

하지만 철조망에 갇힐 수는 없어 차크라를 있는 대로 짜내 고스트 트릭 수법을 발현시켰다.

띠잉!

역시나 멀티플렉싱 수법이 무리였던지 급작스럽게 현기증이 일면서 공안국 폭발 때의 일이 오버랩됐다가 팍 꺼졌다.

이어 뇌리는 백지상태로 화했고, 곧 앞이 캄캄해졌다.

눈을 질끈 감은 담용이 이를 악물었다.

스스스…… 그그…….

철조망을 무사히 투과하는가 싶더니 갑자기 고통이 느껴

졌다.

'으윽.'

정신이 번쩍 들었다.

그 순간, '찌익!' 하고 살갗이 찢어지고 피가 튀는 느낌이 왔다.

감각으로 전해지는 건 등짝과 엉덩이 부분이었다.

즉 고스트 트릭이 신체의 마지막 돌출 부분을 투과시키지 못하고 그 힘이 다한 당연한 현상이었다.

자칫 온몸이 철조망에 꿰뚫린 신세가 될 뻔한 위험천만한 상황이었다.

그러나 피륙의 상처에 불과해 움직임에는 지장이 없었다.

'빌어먹을…….'

마지막까지 짜낸 차크라의 기운이 소진되기 전에 한 발짝이라도 더 멀어져야 했기에 두 다리에 몽땅 쏟아부었다.

파파파팟.

종아리까지 차오른 눈이 푹푹 파였다.

'젠장. 한 발자국 나아가는 게 이리도 힘들어서야…….'

장딴지의 핏줄이 도드라질 정도로 무조건 뛰어야 하는 처지였지만 상황은 그리 녹록지 않았다.

아울러 몸을 가볍게 하지 못한 결과는 소음을 제거하지 못해 감시초소 초병들의 신경을 건드리고 말았다.

"누, 누구야!"

"헛! 거기…… 멈춰!"

"서라!"

"서지 않으면 발포한다! 멈춰!"

초병들의 입에서 악다귀 같은 목소리가 연방 터져 나왔다.

"펑정! 펑정! 펑정-!"

담용도 악을 써 대며 암구호를 외쳐 댔다.

절체절명의 순간에 암구호가 담용의 위기를 잠시나마 모면하게 만들었다.

이때다 싶었던 담용은 단 한 걸음이라도 더 내디딜 마음에 전력을 다해 질주했다.

"후아! 훅훅."

차크라가 소진된 탓에 호흡이 빨라지면서 숨이 급격히 차올랐다.

암구호 덕분인지 초병들이 잠시 헷갈려 하는 분위기가 고스란히 전해졌다.

당연한 것이 암호를 대라는 말은 하지 않았지만 난데없이 암호로 답해 왔으니 어리둥절할 수밖에.

그 덕분에 담용은 그리 높지 않은 언덕을 막 올라서고 있었다.

찰나, '확!' 하고 느닷없이 사위가 밝아지면서 서치라이트가 담용의 전신을 비추는 사태가 빚어졌다.

굴곡이 완연한 담용의 모습이 중인환시에 실루엣처럼 드

러났다.

누가 봐도 요상한 복장이었고, 딱 침입자의 모습.

초병들도 바보는 아니었다.

"뭐야? 치, 침입자다!"

"발사! 발사 해!"

"쏴라!"

투투. 투투투. 투투투투…….

뒤늦게야 95식 AK보총이 불을 뿜기 시작했다.

'짜식들아, 이미 늦었어.'

첫 발사음이 나는 순간, 담용은 언덕에 올라서자마자 몸을 던져 앞으로 굴러야 했다.

파파파. 파파파팟.

투캉! 투카캉!

집중된 총탄은 삽시간에 언덕을 걸레로 만들었고, 돌덩이에 피탄된 유탄들은 사방을 마구 두드려 댔다.

때를 같이하여 두 개의 서치라이트에 의해 언덕이 대낮같이 환해졌다.

그때다.

엥, 에엥. 에에에에엥.

급기야 비상사태를 알리는 사이렌까지 울음을 토해 내며 잠든 새벽을 깨웠다.

언덕 너머로 타깃이 사라지자 총성은 멈췄지만 그때부터

사위는 분주해지기 시작했다.

담용의 귓전으로 고함을 쳐 대는 중국말이 들려오는 가운데 도로에서도 발소리가 어지럽게 들려오고 있었다.

다름 아닌 총성과 사이렌 소리를 들은 외곽 동초들이었다.

그러나 그들은 담용이 탈출한 산등성과는 전혀 엉뚱한 도로를 통해 부대로 향하고 있어 위협이 되지 않았다.

"하악! 하아악! 학학."

숨이 턱 밑에까지 차올랐다.

심장은 금방이라도 튀어나올 것처럼 쿵쾅거렸고, 폐는 터질 듯이 부풀어 오른 기분이었다.

그럼에도 불구하고 담용의 발을 멈출 줄을 몰랐다.

그렇게 엎어지고 자빠지면서 세 개의 산등성을 넘었다.

'도로?'

사전 답사 때는 보지 못했던 도로가 바로 아래에 있었다.

이는 예정된 탈출로 벗어났다는 의미였다.

정신없이 벗어나는 데만 몰두했던 결과였지만 지금은 무조건 멀리 달아나는 것이 목숨을 구할 수 있기에 개의치 않았다.

아무래도 제설 작업이 된 도로를 타고 달리는 것이 눈 덮인 산중보다는 더 빠를 터.

마침 푹신한 솜뭉치같이 쌓인 눈밭이 아닌가?

더 생각할 것도 없이 몸을 내던졌다.

바인더북

퍼억. 주르르르…….

꽈직. 꽈드득.

미끄럼의 와중에 잡나무들이 부러지고 꺾였다.

레깅스가 찢어지면서 너덜너덜한 걸레로 화했지만 신경 쓸 겨를이 없다.

"훅! 후욱! 훅. 후욱."

그제야 억눌렸던 호흡을 시원하게 내뱉으면서 마라톤 주법으로 내달리기 시작하는 담용이었다.

하지만 아직 끝나지 않은 잔치였던지 난데없이 차량의 배기음이 붕붕거리는 소리가 들려왔다.

'추적이 시작됐군.'

도로를 따라 추적한다는 것은 아마도 미리 앞질러 가서 길목을 차단하기 위한 조치일 것이다.

바로 검문인 것이다.

아직 차량 불빛까지는 보이지 않았다.

담용은 문득 시간이 궁금해졌다.

시계를 확인한 담용의 표정이 암담해졌다.

'미치겠군.'

03시 51분 23초.

폭발까지 9분도 채 남지 않았던 것이다.

"엇?"

앞쪽에서 뭔 소리가 난 것 같아 절로 움찔했다.

눈앞의 도로가 70도 정도 구부러진 상태라 뭔지는 확인이
되지 않았다.

지금은 차크라를 더 끌어올리지 못하는 평범한 상태라 여
느 범인과 다를 게 없는 담용이다.

'뭐지?'

손으로 나팔을 만들어 귀를 기울여 보았다.

부다다다다……

'오토바이 소리!'

급속도로 커지는 소음에 담용이 산기슭이 아닌 반대편의
푹 꺼진 도랑으로 구겨지듯 처박혔다.

그러면서도 번쩍 뇌리를 스치는 생각 하나.

'오토바이를 탈취한다.'

지금으로선 유일무이한 구명求命 수단이라 곧 처박았던 몸
을 급습의 자세로 바꾸었다.

잔뜩 웅크린 채 여차하면 튀어나갈 태세가 되었을 때, 모
퉁이로 오토바이 불빛이 먼저 새어 나오고 곧 사람의 모습이
눈에 들어왔다.

'군인?'

어둑했지만 차림새가 딱 그랬다.

그것도 정복을 제대로 차려입은 장교였다.

사이렌 소리를 들었는지 미끄러운 도로임에도 오토바이를
거침없이 몰아오는 속도가 만만치 않았다.

하지만 오토바이를 탈취하는 길 외에 다른 수단이 없는 담용은 종아리 어름에 단단히 묶어 뒀던 대검을 손에 쥐었다.

푸타타타타…….

털컥. 털커덕.

소음은 점점 커지고 바닥을 구르는 바퀴소리도 차츰 거칠어졌다.

10미터, 8미터, 6미터, 4미터…….

점차 확대되어 오는 불빛을 보며 마음속으로 숫자를 셈과 함께 급습할 지점을 정했다.

'지금!'

순간, 바닥을 박차고 몸을 날렸다.

"악!"

별안간 급습해 오는 그림자에 기겁한 장교가 움찔하는 사이 담용이 내뻗은 대검이 목 부위를 정확하게 찔렀다.

그야말로 사력을 다한 일격필살.

"꺼억!"

콰당탕. 텅텅텅텅…….

억눌린 비명이 흘러나옴과 동시에 담용과 장교의 몸이 한데 어울려 나뒹굴었다.

오토바이 역시 잠시 구르더니 산기슭 언덕에 처박힌 채, 뒷바퀴만 헛돌았다.

벌떡 일어선 담용이 급히 오토바이로 다가가 일으키고는

올라탔다.

척 봐도 수동 기어 변속 레버식이었다

꾸물거릴 시간이 없었다.

열쇠는 얌전히 꽂혀 있는 데다 어쩐 일인지 시동도 꺼지지 않은 상태였다.

다행히도 고물이 다 된 오토바이는 아니었다.

담용은 앞바퀴를 고정시키고는 뒷바퀴를 번쩍 들어 속으로 하나, 둘, 셋을 외친 뒤 놓자마자 잽싸게 올라탔다.

꿀럭. 꿀럭.

몇 번 불규칙 롤링을 해 댄 후, 담용이 중심을 잡았다.

스로틀을 감은 채, 클러치 레버를 빠르게 잡았다가 놔주는 것을 반복하면서 기어 변속을 해 댔다.

푸타타타타…….

다년간 숙련된 솜씨는 불과 몇 미터 사이에 오토바이의 속도를 금세 높였다.

부앙. 부아앙!

지금은 미끄러운 눈길이라는 것조차 잊어야 하는 순간이라 모험을 걸어야만 했다.

모험이 통하면 살 것이고 그렇지 않으면 죽음을 기다려야 했다.

당연히 필사적일 수밖에.

필사적인 사람들은 또 있었다.

바인더북

사이드미러에 비친 환한 불빛이 그것이었다.

불빛이 밝아졌다는 것은 차량이 그만큼 많이 동원됐다는 뜻이었다.

우우우우우웅-!

곧장 뻗은 도로에서는 속도를 한껏 높였다.

그러나 시골길이라 직선도로는 짧았고, 모퉁이가 많았다.

끼이이이익.

츠츠츠츠……

모퉁이가 나올 때마다 브레이크를 잡은 채, 발로 바닥을 디뎌가며 곡예 운전을 해야 했다.

그렇게 얼마나 달렸을까?

뒤쫓는 차량의 불빛이 조금 약해졌을 무렵 시간을 확인했다.

시간을 확인한 담용의 안색이 검어죽죽하게 변했다.

'우라질…….'

절로 눈이 질끈 감겼다.

쾅!

마침내 폭발의 전주곡이 시작됐다.

쾅! 콰아앙-!

귀가 먹먹할 정도의 폭발음이 뒤를 이었다.

쾅! 콰쾅! 콰콰쾅-!

뇌를 뒤흔들어 버리는 굉렬한 폭음이 연달아 터져 나왔다.

고막이 먹먹해지면서 중심이 흐트러진 오토바이가 뒤뚱거렸지만 담용은 스로틀을 한껏 감았다.

1미터라도 더 벗어나야만 했다.

연속해서 폭발음이 일더니 잠시 후, 이상한 폭음이 들려왔다.

쿵-!

드디어 지반이 내려앉는 폭음이 시작됐다.

쿠쿵-! 쿠쿠쿵-!

이번에는 대폭발의 여파가 시작되는 굉음이었다.

지반을 뒤집어 버리는 지진이 마침내 그 본색을 드러냈다.

쫘악.

담용은 스로틀을 다시 한 번 한껏 감았다.

부아아아앙-!

오토바이의 앞바퀴가 번쩍 들렸다.

트드득. 트드드드드…….

"……!"

지진이 오는 것 같은 느낌에 퍼뜩 놀란 담용이 뒤를 돌아보았다.

'헉!'

시뻘건 화염 기둥이 끝 간 데를 모르고 치솟아 있었고, 벌겋게 달은 흙더미가 파도처럼 너울대고 있는 것이 아닌가?

쿠쿠쿠쿠쿠. 쿠쾅쾅.

지반이 내려앉자 이번엔 절벽이 무너지는 모습이 잡혔다.

담용은 가슴이 덜컥했다.

혹시나 절벽이 유네스코 세계유산은 아닐지 걱정이 됐다.

이울러 엄청난 재난을 예고하는 시작점에 마음이 심히 불안했다.

한데 그것으로 끝나지 않았는지 난데없이 귀를 찢는 파공성이 들려왔다.

쐐에에에엑!

얼른 돌아보니 꼬리에 시뻘건 불기둥이 보인다 싶자, 좌측 산등성이에서 '콰쾅' 하는 폭발음이 일었다.

"엉?"

담용의 눈이 보름달만큼 커지는 찰나, 또 한 번 '쐐애액' 하는 파공성이 일더니 예의 산이 또 폭발했다.

이어서 또 한 번, 두 번…… 여섯 번…… 열 번…….

결코 작지 않은 산이었지만 미사일의 공격(?)에 흔적도 없이 사라져 버리는 데는 순식간이었다.

'아, 아…….'

담용은 그 현상이 미처 유폭되지 않은 미사일이 뜨거운 열기를 견디지 못하고 저절로 발사된 것임을 알았다.

미사일들이 놓여 있던 방향이 꼭 그랬으니 틀림없을 것이다.

하지만 그것은 전초전에 불과했다.

꽈아아아아앙ㅡ!

'허억!'

어마어마한 폭음에 순간적으로 귀를 틀어막았다.

휘청!

"이익!"

고랑으로 처박히려는 오토바이를 가까스로 바로잡았다.

드드드드드드드……

지축이 울렸다.

본능을 잡아끄는 위기감에 담용이 얼른 뒤를 돌아보았다.

들썩! 드얼썩!

하늘 높이 치솟았던 흙더미가 내려앉자, 이제는 땅거죽이 뒤집어지기 시작한 것이다.

쑤우우우욱!

'맙소사!'

땅이 벌떡 일어선다는 것이 저런 모습일까?

우우우우우-. 츠츠츠츠츠……

그 와중에 귀기를 머금은 소용돌이에 소름이 좍 끼쳐 왔다.

"쓰, 쓰나미!"

담용의 입에서 부지불식간에 터져 나온 말.

파츠츠츠츠츠츠……

땅거죽이 뒤집히면서 속살을 드러낸 대지가 쓰나미로 화해 버렸다.

'으으으……'

바인더북

소름에 이어 한기까지 엄습해 오는 공포에 담용은 머리를 납작 숙인 채 스로틀만 죽어라고 감아 댔다.

우웅웅웅웅웅……

RPM이 한계치까지 올라 엔진이 터질 것처럼 울어 댔다.

그의 뒤로 산더미 같은 흙 폭풍이 단번에 집어삼켜 버릴 듯이 덮쳐오고 있었다.

촤촤촤촤촤……

그와 동시에 미처 폭발하지 못하고 치솟아 오른 폭탄들이 천둥소리로 화해 연신 불호령을 토해 내고 있었다.

쾅! 쾅쾅! 쾅쾅쾅!

'니, 니미럴.'

퓌유우우우. 퓌유우우우우……

흙더미 쓰나미보다 폭발한 잔해물들이 유성이 되어 사방 팔방으로 날아들었다.

퍽! 퍼퍼퍽! 퍼퍼퍼퍼퍽.

'이크크!'

앞뒤좌우 할 것 없이 마구잡이로 낙하하는 파편에 담용의 등에 식은땀이 흘렀다.

아놔. 대체 무슨 짓을 한 거야?

다음 권으로 이어집니다

꿈의 도약, 로크에서 하십시오
(주)로크미디어에서 신인 작가를 모십니다

즐거운 세상, 로크미디어는 꿈을 사랑하고 도전을 두려워하지 않는 작가 분들의 참신한 작품을 기다리고 있습니다. 21세기 장르 문학계를 이끌어 갈 차세대 선두 주자 (주)로크미디어에서 여러분의 나래를 활짝 펴 보시길 바랍니다.

모집 분야 판타지와 무협을 포함한 장르 문학
모집 대상 아마추어 작가, 인터넷 작가
모집 기한 수시 모집

작품 접수 시 유의 사항

1. 파일명은 작가명_작품명.hwp형식을 갖춰 주십시오.
1. 파일에 들어갈 내용은 다음과 같습니다.
   - 성명(필명인 경우 실명을 밝혀 주세요), 연락처, 이메일 주소.
   - 제목, 기획 의도.
   - A4용지 1장 분량의 등장인물 소개.
   - A4용지 2장 분량의 전체 줄거리.
   - 본문.
1. 작품이 인터넷에 연재되고 있다면, 게시판명과 사이트의 구체적이고 정확한 주소를 기재해 주십시오.

선택된 작품은 정식 계약 후 출판물로 간행되어 전국 서점에 유통됩니다.
작가 분은 (주)로크미디어의 전폭적인 지원하에 전속 작가로 활동하시게 됩니다.
※ 자세한 내용은 로크미디어 홈페이지(rokmedia.com)를 참조하세요.

(140 − 133)서울시 마포구 성암로 330 DMC첨단산업센터 3층 314호
(주)로크미디어 편집부 신간 기획 담당자 앞
전화 : 02 − 3273 − 5135
www.rokmedia.com   이메일 : rokmedia@empas.com